KB052961

늘 곁에
있어주던
사람에게

좋은 인연으로 다시 만나자꾸나.

혈액암 선고 후 아버지는 현관문에 2020+5라 적은 한지를 붙였다. 완치를 포기 당한 불치병, 하루가 멀다 하고 무섭게 찾아오는 합병증, 뼈를 깎아내는 고통에도 2025년까지 의미 있게 살다 가겠다는 삶의 의지였다.

그날 이후로 당신은 매일 같이 마을 입구를 청소하고 동네 어르신들을 돕는 등 선행을 베풀었다. 그 사이 아들은 부모 품에서 벗어나 세상에 맞섰다. 노력과 열정을 쥐어짜내 얻은 스펙으로 취업 활동에 나섰지만, 현실은 녹록지 않았다.

패기 있게 보낸 입사 원서는 보기 좋게 불합

격 통보로 돌아왔고 마음엔 불안이 자랐다. 그러다 일본 문부 과학성 장학생 자격으로 대학원에 진학할 수 있는 기회를 얻었다. 남겨질 아버지가 걸렸지만, 잘 살고 싶은 마음에 거침없이 출국했다.

학비와 생활비를 지원받는 안정된 유학 생활. 하지만 밤만 되면 두고 온 아버지를 향한 죄책감과 미안함에 시달렸다. 그럴 때면 자판을 두들기며, 마음을 다스렸다. 1년, 2년. 사랑과 그리움으로 꾹꾹 눌러 쓴 문장. 한국으로 돌아가는 날 아버지께 보여드리고자 쓴 이야기. 하지만 예기치 못한 부고와 함께 부치지 못한 편지로 남았다.

장례가 끝난 후 아버지의 마지막을 못 지킨 데서 온 죄책감과 사무친 그리움으로 매일 같이 울었다. 일주일 정도 그러고 나니 이번엔 상실감이 밀려왔다. 미친 사람처럼 안방을 뒤져 당신 흔적을 찾았다. 사소한 메모도 그냥 넘기는 법이 없었다. 그러다 장롱 깊숙한 공간에서 수첩 십 수 권을 발견했다.

언제부터 썼는지 알 수 없는 낡은 수첩에는 내가 몰랐던 아버지의 삶이 있었다. 그중 가장 최근 것으로 보이는, 펜 쥘 힘도 없는 상황에서도 삐뚤삐뚤하게 써 내려간 글씨 가득한 작은 수첩에는 자식을 향한 순애보가 있었다.

언젠가 함께 책을 내자던 아버지와의 약속을 이렇게라도 지키기로 했다. 꺼져가는 삶의 마지막 순간에도 남겨질 가족 생각에 잠 못 이룬 아버지가 들려주고자 했던 인생사와 행복론, 그런 아버지를 너무도 사랑한 아들이 남긴 부치지 못한 편지를 세상에 알리기로 결심한 것이다.

단, 한평생 부끄럼 없는 삶을 살다 가신 고인을 욕보이지 않기 위해 조금 투박하게 느껴질지라도 그 어떤 조미료도 가미하지 않고 오롯이 우리 감정만 전하기로 했다.

바꿔 말하자면 우리 이야기가 시중에 나온 여느 에세이들처럼 '기교 있는 글'은 아니라는 것이다. 하지만 살아생전 모든 사람들이 웃을 수 있는 일상을 보내길 기도한 아버지의 바람과, 늦게나마 이를 이해하고 실천한 아들의 이야기를 솔직담백하게 담았다. 각박한 시대를 살아가는 모든 이들에게 포근한 위안이 되기를 바란다.

또한 표현에 인색한 이들에게는 용기를 주는 촉매제가, 진정한 행복을 찾기 위해 나선 분들께는 세상을 비춰 줄 촛불이 되었으면 한다.

마지막으로 책이 나오기까지 아낌없는 조언과 용기를 나눠준 친구들, 두터운 애정과 따스한 관심으로 예쁜 책을 만들어 주신 부크럼 정소연 에디터님 및 직원분들, 변함없는 사랑과 믿음으로 함께하는 어머니께 감사드리며 하늘에 계신 아버지께도 우리의 이야기가 닿길 간절히 바란다.

차례

5장 나의 영화에게

41년 49일

탄호야 안녕
오늘 아침에 우리탄호 영판했짜
일찍 일어나 세수도 잘하고
학교 기자 기사도 잘읽고
아빠는 탄호가 영판 잘하게
생각 되더라
내 사랑하는 탄호가 어제는
거그 감에 갔다 오다가
거그

1장

언제 올 죽음일지 모르지만

: 다발골수종,

이름도 생소한 희귀병이 예고 없이

우리 일상에 들이닥쳤다.

다발골수종

2010.08.20

'다발골수종'이라는 병이 있다. 혈액암이라 불리기도 하는 이 희귀병은 암세포가 온몸을 타고 돌며 뼈를 녹인다. 이 과정에서 혈소판 수치가 큰 폭으로 떨어지면서 면역 약화와 출혈 위험에 노출된다.

그 결과 다발골수종 환자들은 각종 합병증에 시달리는 게 일상이며, 수술이 불가피한 상황에도 수술대에 못 오르는 일이 비일비재하다. 캡슐 한 알로 암세포 찌꺼기까지 잡아내는 현대 의학도 이 무서운 병에 대처할 만한 완벽한 해결책은 밝히지 못했다.

조혈모 세포 이식 수술을 통해 어느 정도 치료는 가능하지만, 다른 암에 비해 생존율이 낮고 재발률이 높은데다 각종 합병증을 유발하는 탓에 환우들은 24시간 긴장의 끈을 놓지 못한다.

그런 무서운 병이 우리 일상에 찾아온 건 2010년 8월. 아버지가 심한 빈혈 증상과 함께 의식을 잃었다. 세 차례의 검진 끝에 다발골수종이라는 낯선 병명과 함께 조혈모 세포 이식을 권유 받았다. 하지만 기울 대로 기운 가세, 지식 놈 학비 걱정에 아버지는 치료를 망설였다.

2010년 8월 3일

오전 6시, 눈을 뜨니 하늘이 팽이처럼 뱅뱅 돌았
다. 어지러워 일어날 수 없었다. 오후 3시 50분
경, 아내가 119에 전화를 걸어 구급차를 요청했
다.

마산 센텀 병원으로 이송되어 신경과 및 내과 검
사를 받았다. 의사 선생님은 위암, 대장암, 간경
화가 예상된다며 큰 병원으로 갈 것을 권유했다.

2010년 8월 8일

마음이 착잡함. 내 빈자리를 메워야 할 아내 걱정
아들의 대학 공부 걱정. 재산은 없고 빚만 남겨
놓고 간다는 미안함. 죽음에 대한 두려움은 다른
걱정에 비해 5% 정도.

2010년 8월 10일

우리 형편에 사치한 치료와 투병 생활이 당치 않

다는 생각에서 헤어나지 못했다.

2010년 8월 12일

적은 비용으로 치료하여 생존한 다음, 가족에게

도움 줄 수 있다면 좋을 텐데….

2010년 8월 13일

명숙 씨 결과가 나오기 전엔 담담했는데, 막상 결과가 나오니 묘한 감정이네요. 삶에 대한 욕심과 애착이 많았던가 봅니다. 영화가 실망이 클 텐데 더없이 두터운 정인 줄 알지만 위로 좀 해주세요.

2010년 8월 14일

저녁에 엽이 아빠 엄마가 왔다. 위로의 말을 많이
해줬다. 나는 내 사후 장례식 방식을 이야기했다.
불경과 곡은 하지 않고 국화꽃 한 송이, 술 한잔
으로 문상할 것과 좋아하는 노래 몇 곡을 틀어 놓
아 달라 부탁했다.

그리고 말은 안 했지만, 화환 대신 내가 적은 시
몇 편을 작은 현수막으로 걸어주길 바랐다.

적지 않은 비용에 치료를 망설이던 아버지는 퇴원을 결심했다. 그 소식을 들은 주치의 선생님이 당신을 만류했다.

"아버님, 혹시 월남전에 다녀오셨는지요?"

"그렇습니다만…. 그건 왜 물으시죠. 선생님?"

"아버님과 마찬가지로 월남전 참전자 중 다발 골수종에 걸린 분들이 계신데 '고엽제 후유증'을 인정받아 국가 유공자가 되셨습니다. 유공자가 되면 입원비는 물론이고, 항암 치료비까지 지원받을 수 있습니다. 지금 당장이라도 국가 유공자 신청을 해보시죠."

"선생님, 제가 신청을 안 해본 게 아닙니다. 30년 넘게 원인 모를 후유증에 시달리며 고통 받았습니다. 몇 번이나 서류를 제출했지만, 그때마다 나일론 환자라는 비아냥밖에 안 돌아옵디다. 이번이라고 뭐 달라질 게 있겠습니까. 괜한 기대하고 싶지 않습니다."

"시도라도 해보셔야죠. 얼른 회복하셔서 댁에 돌아가셔야죠. 제가 소견서를 적어드릴 테니 보훈청에 제출해보세요. 저 한번 믿어 보시고 한번 더 부딪쳐 보세요."

의사 선생님의 설득에도 한참을 망설이는 아버지를 대신해 어머니가 보훈청에 서류를 제출했고, 4개월 후 국가 유공자로 인정받았다. 큰돈 안 들이고 치료받을 수 있게 되었다는 의미였다.

2010년 9월

암에 걸렸다.

이것으로 끝인가?

아니다. 이제 시작이다.

삶과 죽음이 하나라고 생각하는 순간이 시작이다.

2010년 9월

죽음이야 어쩔 수 없는 일.

그 전엔 기대지 않으리.

2010년 9월

내 육체 속에선 아직도 끝나지 않은 베트남전이
치열하다. 퀴퀴한 죽음 냄새, 스산한 기억, 그날
의 총성. 그 위로는 살아남은 자의 죄책감과 미안
함이 키운 고엽제 후유증과 다발골수종.

오늘도 내 속에는 끊임없이 총성이 울린다.

2010년 10월

병실.

누가 이 곳을 죽음 냄새나는 병동이라 했던가. 큰
일 날 소리. 환자용 침대 여섯 개가 놓인 이 곳이
야 말로 사랑 내음 나는 곳이다. 누가 뭐라 해도
이곳에 머물다 가는 모두가 거룩하고 아름답다.

지금 나와 함께 생사의 끈을 붙잡은 이들 모두 깊
고 깊은 곳에서 은은히 우러나는 향기 같은 사람
들이다.

2010년 10월

병상에서 일어날 수 있는 변수는 예측 불가능하
다. 자신의 고삐를 단단히 움켜쥐고 무너지지 않
는 마음가짐으로, 혹은 수도자의 초심처럼 자신
과의 타협 없는 투병을 이어나가야 한다. 그것만
이 더 빨리 완쾌할 수 있는 길이다.

2010년 10월

다인실에서는 두려움과 절망적인 말은 하지 않는 것이 예의다. 차라리 소 방귀 뀌는 소리가 명언이다.

2011년 3월

주변 사람들과 의사, 간호사 선생님들께는 항상
밝은 표정으로 고맙다는 말을 전하자. 꺼져가는
생명에 불을 지펴 준 은혜로운 분들이다.

2011년 3월 (중환자실 들어가기 전)

온종일 책을 보며 무료함을 달랬다. 선과 화두,
업, 윤회 등 많이 듣고 읽었던 이야기지만, 촛불
심지만 한 목숨줄이 남은 지금 이 순간. 더욱 더
새롭게 다가오는 한편 자성할 게 많음을 느낀다.
언제 올 죽음일진 모르겠지만, 기회가 된다면 속
죄하며 맑고 밝고 향기롭게 살고 싶다.

저희 아버지 좀 살려주세요

2011년 3월

　저희 아버지가 다발골수종이라는 희귀병 진단을 받았습니다. 다행히 손 못 댈 정도는 아니라서 조혈모 세포 이식 수술을 받으면 회복도 기대할 수 있다 합니다.

　다만 당신께서 고령이신 데다, 암세포가 많이 자란 상태라 건강한 혈소판이 필요한 상황입니다.

　평소 교내 행사 참여는커녕 사소한 모임에도 안 나가고 가까운 벗에게 전화 한 통 걸어 안부 묻는 데도 인색했던 제가 무슨 염치가 있겠습니까마는, 그럼에도 불구하고 부탁드립니다.

B형 RH+ 혈액을 가진 친구, 동생, 선후배님들.
부디 저희 아버지 좀 살려주세요…. 혈소판 좀
나눠주세요….

2011년 5월

퇴원이다. 조혈모 이식 병동에 머물다 간 환자 중 가장 부작용 없이 퇴원한다고 한다. 기쁜 한편으로 조심스럽다. 지나친 두려움은 금물이지만, 음식, 위생, 감기, 과로, 화, 모두 조심해서 나쁠 건 없다.

2011년 6월

내게 주어진 시간을 내 바라는 대로
더 만들 수도, 더 채울 수도 없다.

얼만지 그 길이를 가늠할 수 없는 아껴야 할 시간

좀 더 인간적으로 혹은 좀 더 다듬어서 개성 있는
그림마냥 예쁘고 아름답게 살고 싶다.

2011년 추정

타고난 얼굴은 어쩔 수 없지만, 표정과 미소는 순
전히 자기 책임이란다. 인상 찌푸릴 일, 얼굴 붉
힐 일 많은 힘든 세상사 속에서도 항상 밝은 표정
을 갖추어야 가슴 속에 꽃이 핀단다.

2011년 추정

탄호야. 어른이란 본인이 선택한 길에 책임지는
존재란다. 머지않아 네가 사회인이 되면 지금 보
다 더 복잡한 갈림길에서 고민할 일도, 네 신념을
시험하는 악몽 같은 순간도 생길 거야. 그럴 땐
너무 복잡하게 생각 말고 하나만 기억해 두어라 .

아무리 큰 쾌락이라도
바르지 못함은 행하지 마라.

아무리 행하기 어려운 일이라도
바른길이라면 그를 택하라.

두려움과 후환이 없는 즐거움이 올 것이다.

판호야 아침

오늘 아침에 우리 판호 정말 착했다

일찍 일어나 세수도 잘하고

한잔 기자 기사도 잘 읽고

아빠는 판호가 정말 깜찍하게

생각 되더라

내 사랑하는 판호가 어제는

주차장에 갔다 오다가

엎어져 무릎을 다쳐서

얼까봐 아팠을까

생각하니 아빠는 저절로

눈물 났다

이제는 ...

차리기 ...

2장

네가 있어 내가 있음을

: 2020+5라고 쓴 한지를 붙였다.

2025년까지 맑고 깨끗한 마음으로

의미있게 살겠다는 삶의 의지였다.

2012년 6월 20일

탄호야.

벌써부터 태풍이 찾아와서 걱정이구나. 모레 22
일은 음력 5월 3일. 너의 생일을 진심으로 축하
한다. 어제 소포를 보냈단다. 모스키토, 과자, 책,
마른반찬 등을 넣어 보냈다. 흰 비닐봉투 안에 든
것은 당기라는 한약재다. 향이 좋기 때문에 방에
두면 방향제보다 훨씬 나을 거다.

엄마는 지금 충남 서천에 가 있단다. 황요순 아줌
마랑 한산 모시 문화제 맛 자랑 요리 경연 대회에
나갔는데 대상을 받았지 뭐니. 덕분에 다가오는
29일, KBS 아침마당에 출연한다네. 대단하지?

생활에 기복이 많긴 하지만, 본인이 하고 싶은 거 하면서 사는 게 엄마의 행복 아니겠니? 엄마의 행복이 아빠의 낙이란다.

그래서 말인데 탄호야. 공부도 중요하지만 어떻게 사는 게 진정한 행복인지, 무엇을 해야 웃으며 살 수 있는지 깊이 생각해봤으면 한다.

덥고 습한 데다 무덥기까지 한 남의 나라 일상 속에서 항상 몸조심 하길 바란다.

부치지 못한 편지

2012년 8월

그런 날이 있다. 이유 불문하고 내 편이 되어 줬으면 하는 날. 설사 내가 옳지 않더라도, 내 생각에 동의하지 않더라도 '그래, 네가 속이 많이 상했겠네.'하고 토닥여주길 바라는 날. 어제가 바로 그런 날이었다.

이런저런 일로 왕창 깨지고 집에 돌아온 날, 부모님께 전화를 걸어 한참을 칭얼거렸다. 큰 걸 바란 것도 아니고 '아이고, 오늘 하루 마음고생 많았구나.' 그 한 마디면 충분했다. 하지만 돌아온 건 위로 대신 꾸짖음이었다.

예상을 벗어난 대화는 한 치 양보 없는 설전으

로 이어졌다. 어느 쪽이 먼저인지는 모르겠지만, '탕'하는 방아쇠 소리와 함께 고성을 내질렀다. 화를 머금은 감정적인 대화가 오가기 시작했다. 대화 말미에는 '우린 널 그렇게 안 키웠다. 넌 이제 우리 자식이 아니다.'라는 말까지 나왔다.

'넌 이제 우리 자식이 아니다.'

진심이 아님을 알지만 분노했다. 그날 이후로 더 이상 부모님께 전화를 걸지 않았다. 한 달, 두 달. 부모님으로부터 걸려오는 전화도 없었다.

한편, 이 즈음해서 순조롭기만 하던 일본 생활에도 틈이 보이기 시작했다. 일본의 독도 망언과 함께 격앙된 한일 관계, 위안부, 역사 왜곡 문제로 옳은 말 한 번 했다가 주변 일본인들과 싸움 난 일, 혐한 교수와의 설전 등. 좋지 않은 일이 연거푸 찾아왔다. 서서히 지쳐갔다. 그러던 어느 날, 한 통의 전화가 걸려왔다. 엄마였다.

두 달 만에 듣는 목소리가 반가웠지만, 어색해질 대로 어색해진 사이에 좋은 대화가 오갈 리 없었다. 시종일관 서로에게 냉담했다. 형식적인 안부 몇 마디만 묻고는 대화를 끝내려 했다.

　그때,

"니 진짜 너무한 거 아니가. 너네 아빠 그날 이
후로 화병 걸려서 앓아누웠다. 안 그래도 한 달
에 일주일은 입원 신세 져야 하는 사람한테 니가
무슨 짓을 한 줄 아나. 며칠 전에는 구급차에 실
려 가 검사를 받았는데 모든 수치가 최악으로 나
왔다. 이대로면 얼마나 살지 모른다 그러더라.
니는 꼭 그렇게 너네 아빠 마음을 아프게 해야
했나. 설사 그날 화가 나서 전화를 끊었다 치자.
바로는 아니더라도 일주일 안에는 전화 한 통 걸
어 줬어야지. 그날 이후로 한 달 내내 밥도 못 먹
고 전화기만 들여다보다 쓰러졌다.

　어쩜 자존심 세고 성질 더러운 건 느그 애비랑
똑 닮았노. 너네 아빠도 똑같다만은 미안하다는
말까진 아니더라도 '아빠 잘 지내나.'하고 한 번
만 물어봐 줬어도 이리 심각해지진 않았을 거 아
니가. 니는 꼭 그렇게 부모를 이겨 먹어야 속이
시원했나. 이제 엄마는 모르겠다. 전화를 하든
말든 니 알아서 해라."

…아빠가 쓰러졌다니. 지독한 항암치료도, 극한의 이식수술도 이겨낸 아빠가 고작 화 한 번 낸 것 가지고 쓰러졌다니. 말이 안 됐다. 그러다 문득 그날의 마지막 순간이 떠올랐다. 내 편이 되어줬으면 하는 마음에서 시작된 푸념이 '왜 항상 엄마 아빠는 나를 제한하려 하고 당신들의 틀에 맞추려 드는가.', '빚과 가난, 도전하기도 전에 돈이 없어 포기하는 걸 알려준 거 말고 내게 해준 게 뭐가 있나.' 등 악을 품은 말로 그들 가슴에 비수를 던진 그 순간을.

입장 바꿔 생각해보니 '넌 이제 우리 자식이 아니다.'라는 말이 나오는 게 당연지사였다. 이런 걸 바란 게 아닌데. 그냥 내 편 한 번 들어줬으면 한 건데 어디서부터 잘못된 것일까. 행여나 이대로 아빠가 세상을 떠나버리면 나는 어떻게 살아야 하나.

'나는 잘못한 게 없어.'라는 알량한 자존심은 사라진 지 오래였다. 서둘러 당신께 전화를 걸었다.

"아빠 미안, 진짜 미안. 그럴 생각은 없었어. 그 당시에는 아빠가 내 편이 되어주길 하는 마음에서 푸념한 건데. 야속하리만치 내 말을 안 들어줘서 화낸 게 아빠에게 큰 상처를 줘버렸네. 내가 본심으로 그런 말을 한 게 아니야. 엄마 아빠가 가난하다고 해서 한 번도 원망한 적 없어. 그니까 얼른 털고 일어나. 아프지 말라고…. 자식이 불효했다고 한순간에 푹하고 쓰러질 사람 아니잖아. 내가 다 잘못했으니깐, 얼른 일어나서 집에 가자. 아프지 말자. 맘에도 없는 말로 상처 줘서 너무 미안해."

울먹이며 내 마음을 털어놓았지만, 수화기 건너편에서는 아무런 반응이 없었다. 한참 동안 침묵이 이어졌다. 그러다 얼마 후 울먹임 섞인 따스한 목소리가 돌아왔다.

"괜찮다. 아빠도 미안하다. 네 편 들어주지 못해서, 힘들었을 네 마음 헤아려주지 못해서, 위로해주지 못해서 미안하다. 부모답게 굴지 못해서 미안하다. 아빠는 괜찮으니까 너도 항상 건강

해라. 아빠 얼른 일어날게."

"아빠…. 아빠 말대로 조건 없는 사랑으로 이루어지는 게 가족인데, 자존심 그게 뭐 그리 대수라고…. 내 생각만 하다 아빠 엄마 가슴에 대못을 박아서 미안해…."

"아니다. 아빠도 그때 네 편 못 들어줘서 미안하다. 정말 미안하다."

그날 밤, 우리는 그간 묻지 못한 안부와 가슴 속에 묵혀 두었던 한 마디 두 마디로 꽁꽁 뭉쳐 있던 응어리를 풀어냈다.

그럼에도 불구하고 마음이 개운치 않았다. 부모님을 향한 내 마음을, 한 번도 변함없었던 진심을 전하고 싶었다. 그리하여 '조영남 최유라의 지금은 라디오 시대'의 인기 코너 '부치지 못한 편지'에 이날의 사연을 적어 보냈다.

다음 날, 방송국 PD님으로부터 내 사연이 베스트 사연으로 채택되었다는 연락을 받았고 방송에 출연해 20분간 이야기를 나눴다. 이 기회를 빌려 마음속에 꼭꼭 숨겨둔 미안함과 감사함을 표현했다. 아빠도 내게 숨김없이 표현했다.

그러다 방송 말미, 조영남 아저씨께서 '탄호

아버지께서는 이제 국민 아버지가 되셨습니다.'
라는 말과 함께 박수를 보내주셨다. 그리고 이
한 마디는 당신께서 눈 감으시던 날까지 그의 마
음을 환히 빛내 주었다.

2012년 9월

변함없는 아들 사랑하는 아들

시작과 끝 만남과 헤어짐이 하나라서 영원한 것
이 없고 영생이 없는 것이 진리란다. 우리가 살아
가는 유한의 시간을 행복이란 아름다운 색상으로
꾸밀 수 있는 자는 행복을 맛볼 것이며 마음을 다
스리지 못하여 스스로를 먹칠하는 자는 그 삶 자
체가 불행일 테지.

우리의 인생에서 제일 소중하고 가장 필요로 하
는 것이 행복학인데 오늘날 우리는 그 공부를 외
면하고 권금을 제일로 추구하며 살아가는 어리석
음을 범하고 있지. 나 자신도 이제야 후회하지만
이미 때가 늦었어.

행복이란 자신의 마음을 자유자재로 다룰 수 있
어야 얻을 수 있는 것이란다. 하지만 오늘날 이
소중한 것을 부모도 선생도 가르치질 않으니 세
상은 각박 해져가고 메말라갈 뿐이구나

아들아, 매번 고난에 부딪힐 때마다 숨 한번 크
게 들이쉬며 가슴에 우주를 담아보거라. 행복의
싹이 트리라. 아들아, 부모의 자식에 대한 사랑은
대가와 바람이 없는 사랑이란다. 어떠한 미움과
잘못도 녹여낼 수 있는 것이 자식에 대한 부모의
사랑이란다. 타국에서 항상 언행과 행동에 조심
하고 건강관리에 유의하길 바라며 이만 줄인다.
매일 즐거운 날 되길 바라마.

2013년 9월 20일

탄호야. 집에 전화기를 두고 갔구나.

내일 보내줄게. 취업 때문에 신경 많이 쓰이지?

꾸준히 하다 보면 좋은 결과가 있을 거야.

두려워하지 말고 긍정적인 마음으로 도전하거라.

두려움을 버리고 평소 하던 대로 부딪쳐 보거라.

숨 한번 크게 들이키고 평상심으로 너 자신을 잃

지 말거라.

성공과 실패는 50대 50

혹시 잘 안 되더라도 부끄러워하지 말고 당당히

고개 들거라. 이번이 아니더라도 더 좋은 기회가

올 테니깐.

항상 노력하는 우리 탄호가 나아가는 미래엔 행복의 결실이 기다리고 있을 거야. 너에게 행운이 함께 하길 엄마 아빠는 간절히 기도하마.

우리 아들 화이팅!

2013년 추정

아가야

한 방울 두 방울

인고의 시간으로

한 쪽박 두 쪽박

애간장 태워 기다림으로 채운 작은 독

단 한 번에 바닥나도 아까움 없는 사랑

부모는 모두 그러하더라.

2013년 추정

아들아

다 실려 보낸 시간

그게 세월일 줄은

눈을 가리고 귀를 틀어막고 부모의 주름진 얼굴,

힘겨운 한숨을 스쳐 가는 바람처럼 보아 넘기고

천만 번 쪼개 써야 할 시간을 허비한 지금 백발

성성한 노구의 몸으로 먼 산 보며 후회하는 그 전

철만은 따르지 말거라.

2013년 추정

아들아 산이 험하고 가팔라도 내가 대신 가줄 수
없는 일. 다만, 지팡이가 되어줄 뿐이다. 아들아
좋은 벗 나쁜 벗이 있어도 내가 다 사귀어 줄 수
없는 일. 깊이 있는 사귐과 대범한 마음으로 다가
서길 바랄 뿐이다.

아들아 배움엔 고통이 따라도 내가 그 고통을 덜
어줄 수 없는 일. 다만, 그 시기를 놓치면 고통의
날이 됨을 알려주며 내 전철을 밟지 않길 기도할
뿐이다. 아들아 너의 행동에 내가 대신 변명해줄
수 없는 일. 네 마음속 굳게 자리 잡은 그 정의를
택하면 됨을 간절히 기원할 뿐이다.

2013년 추정

네가 있어 내가 있음에

얼마 남지 않은

가물대는 촛불일지라도

너의 길 밝힐 수 있다면

바람 부는 언덕에서도

이 한 몸 기꺼이 지탱하리라.

아버지의 일기

2013년 추정

내 사랑 아들아

내 희망 아들아

이 한 몸 썩고 또 썩어도

너를 바르게 기르는 거름이 된다면

이 고통이 승화하여

네 가슴 작은 둥지와 함께한다면

그게 행복한 고통

그게...

2013년 9월

징검다리

살얼음 차가운 냇물 긴니야 할 너.

외면할 수 없는 너의 앞길을 위해

우린 기꺼이 찬 냇물에 엎드려

네 발걸음 디딜 엄마아빠 징검다리가 되어주마.

2014년 6월 11일

16살 되던 해,

믿던 이에게 사기를 당해 집안이 폭삭 망했다. 무슨 일이 있더라도 빚을 갚겠다는 각서 몇 장과 변제 계획서로 빨간딱지 붙는 일은 면했지만, 아침저녁으로 독촉 전화가 끊이질 않았다.

빚을 갚기 위해 아버지는 새벽 3시부터 늦은 밤까지 노가다 두 탕을 뛰었고, 어머니도 아침저녁으로 두 곳의 식당에 나가 고생했다.

그럼에도 살림은 나아질 줄 몰라서 19살 되던 해 집을 팔았다. 이후 머물 곳이 없어 반년간 동물 축사에서 살았다.

산짐승 우는 소리, 뚫린 창문으로 새어 들어오는 세찬 바람, 시멘트 벽에 맺힌 축축한 습기, 아무리 쓸고 닦아도 지워지지 않는 가축 냄새.

빚을 청산하기 위해 필사적으로 발버둥 친 부모님만큼은 아니지만, 가난이라면 지긋지긋했다. 이 상황까지 몰린 게 남에게 싫은 소리 못하고 올곧기만 한, 어려운 살림에도 나누기 바쁜 부모님의 성정 탓이라 생각했다. 잘 살기 위해서는 부모님과 반대로 살아야 하며, 악마가 던져주는 지푸라기라도 잡아야 한다 믿었다.

하루 24시간이 헛되지 않도록 아등바등했고, 부딪침에 망설이지 않았다. 온갖 열정을 쥐어짜 내 스펙도 쌓았다. 내 상황에서 할 수 있는 일은 다 했다. 그럼에도 불구하고 돌아오는 건 채용 불합격 통보 뿐이었다. 대기업은 바라지도 않았고, 중견 아니 경우에 따라서는 중소기업도 감사 인사 건네며 들어갈 각오였는데, 그런 바람조차 사치였던 모양이다.

그렇게 거절과 불합격에 익숙해지던 무렵, 뜻

밖의 기회를 잡았다. 일본 문부 과학성 장학생으로 선발된 것이다. 학비와 생활비를 전액 지원받으며 석사, 아니 그 이상까지 노릴 수 있는 기회. 남겨질 아버지가 마음에 걸렸지만, 그 어떤 기회도 얻지 못한 한국에서 아르바이트 생활을 전전하며 어정쩡하게 살 바에 일본에 건너가 도전하는 게 맞았다.

그렇게 남의 나라에 가기로 결심했다.

그리움이 밀려왔다

2014년 10월

모든 게 순조로운 대학원 생활이었다. 매달 적지 않은 생활비가 나왔고, 학비 낼 걱정도 없었다. 함께 고민 나눌 친구가 있었고, 생활 전반을 도와주는 일본 지인이 있었으며, 젠틀하고 합리적인 지도 교수님이 계셨다.

이렇듯 나를 둘러싼 호의적인 환경과 살아생전 한 번도 느끼지 못한 안정된 일상. 그럼에도 불구하고 마음이 편치 않았다. 나 하나 살겠답시고 홀연히 떠난 죄책감이, 당신들을 향한 사무친 그리움이 매일 밤 나를 찾아왔다.

2015년 2월 18일

더욱 성숙할 탄호에게

내일이면 설날인데 네가 없어 퍽 쓸쓸하구나. 이
번 설엔 탄호 좋아하는 음식은 생략하고 최대한
간소하게 차리려 한다. 올겨울 마산은 눈도 많이
오고 바람도 세차단다.

얼른 봄이 왔으면 좋으련만. 산뜻한 봄나물도, 향
긋한 봄바람도 그리웁구나. 밭에 나가 씨 뿌리고
흙도 밟고 싶은데 그러질 못해 아쉽네.

농부는 밭에 나가 일을 해야 삶의 의욕을 느끼는
데 꽁꽁 얼어버린 의욕을 녹이기엔 이번 겨울이
너무 차구나.

그래도 건강이 나쁘지 않아서 견딜 만하단다. 타지에서 고생하고 있을 네게 고향 정취를 보여주고 싶건만 이렇게 좋은 대자연 속에 살면서도 느낌이 부족하여 표현할 수도, 글로 남길 수도 없어 미안하구나.

너는 배울 시기에 열심히 갈고 닦아서 오롯이 네 마음을 표현할 줄 아는 사람이 되길 바란다. 더불어 네가 하고 싶은 일 많이 하며 살거라.

새해에는 더욱 건강하고 알찬 시간 되길 바라며 이만 줄인다.

2015년 추정

아들에게

자식 위한 엄마의 언 손처럼 까칠한 겨울 대지가 빚은 봄의 길목에 앞다투어 핀 진달래꽃. 여린 분홍 꽃잎이 며칠 간의 꽃샘추위에 많이 시들었구나.

남의 나라에서 고생이 많지. 고독하고 고통스러울 이 시간이 평생을 살아가는 데 큰 도움이 될 거라 믿는다.

아빠는 요즘 일 년 농사를 위한 채비에 분주한 날을 보낸단다. 밭갈이, 두엄내기, 씨앗 뿌리기 등.

풍성한 수확을 꿈꾸며 고통 속에 행복을 담아본단다. 뿌린 만큼, 가꾼 만큼 수확하는 농사는 인생과 다를 게 없다는 걸 새삼 느낀단다.

아버지의 꿈

2015년 8월 24일

'아빠는 꿈이 뭐야?'라 물으면 '네가 행복하게 잘 사는 것'이라 대답했지, 한 번도 원하는 답을 들려주지 않았다.

할아버지의 억울한 죽음과 함께 찾아온 지독한 가난, 목숨을 내던진 베트남 전쟁, 그 후로도 바싹 달라붙은 힘든 일상 속에서 그를 지탱해줬을 꿈 말이다. 아니, 어쩜 사는 게 너무 힘들었던 나머지 잊어버린 것일지도 모르겠다.

그도 그럴 것이 군 복무를 마친 아버지에게 남은 건 '할머니의 죽음'으로 말미암은 가장으로서의 무게감과 '연좌제'라는 서슬 퍼런 족쇄였다.

군 제대 후 아버지가 무슨 일을 하며 살았는지 세세히 물어보질 않아 자세한 내막은 모른다. 그러나 월남전 후유증으로 40년 넘게 고생하면서도 악바리 같이 버틴 건 틀림없는 사실이었다.

매일 밤 '아야아야'하는 비명 소리를 지르며 고통스러워 하는 모습을 지켜본 어머니는 '너네 아빠가 젊었을 때부터 고생을 많이 했다. 늘 선하고 열심히 산 사람인데 운이 없어 매번 고생만 한다. 그러니 네가 잘돼서 아버지 한 좀 풀어주라.'라는 말을 반복했다.

그러나 정작 당신은 훌륭한 사람이 안 돼도 좋으니 부디 행복하게 살라며, 돈 좀 못 벌어도 좋으니 너 하고 싶은 일 하며 살라고 나를 다독였다.

인생을 돌아본다는 말을 꺼내기엔 아직 이른 나이지만, 한 번씩 떠올리는 부모님의 예전 일상엔 여유가 없었다. 두 분이 외식을 하거나 여행 간 적이 없었고, 남들 다 가는 동창회도 못 나갔다.

그만큼 두 분 다 쪼들리는 삶을 살았다. 그런

데 최근 들어서는 두 분이서 여행도 다니고, 근교로 나가 외식도 한다는 이야기를 접한다. 남들에게 당연했던 일상이 우리 가족에게도 '보통날'로 다가오는 듯하여 마음이 놓인다.

그리고 얼마 전, 부모님은 엽이 이모네 가족과 제주도로 동반 여행을 떠났다. 그런데 나와 함께하지 못한 게 마음에 걸렸던 모양이다. 아침부터 '너만 두고 가서 미안해'라는 메시지와 사진을 보낸 후 전화를 걸어왔다.

통화 내내 미안하단 말만 반복했다. 능력 있는 부모가 못 돼 줘서, 좋은 세상 구경 시켜 주질 못해서, 쪼들리는 살림에 도전보다 포기하는 법을 먼저 알려줘서 너무 미안하단다.

대체 두 분은 뭐가 그리도 미안한 게 많은 걸까. 바라건대 그런 감정은 안 가졌으면 한다. 오히려 부모님께 받은 사랑을 오롯이 돌려 드리지 못한, 이 나이 먹도록 제대로 된 효도 한 번 못한 내가 더 미안하고 송구스럽다. 그러니 제발 내 걱정일랑 붙들어 매고 두 분의 행복만 바라보며 사셨으면 한다.

　고향집 현관에는 2020+5라는 숫자가 적힌 한지가 붙어있다. 이는 2025년까지 맑고 건강하게, 힘닿는 한 주변 사람들에게 도움 주는 삶을 살다 가겠다는 아버지의 희망을 담아낸 것이다.

　비록 지난날의 꿈을 이루진 못했지만, 두 손으로 꾹꾹 눌러 쓴 2020+5라는 바람과 자식이 박사 과정 수료하는 모습을 지켜보겠다는 그 소원만큼은 꼭 이루시길. 지독한 병마와의 싸움에서도 지지 않고 오래오래 건강하시길. 나 또한 남의 나라에서 치열하게 살아남을 테니.

그런 사이

2016년 1월 29일

부모님 결혼기념일을 축하하기 위해 전화를 걸었다. 일주일에 한두 번 연락할까 말까 하는 불효자가 연말이라고 한 번, 새해라고 한 번, 결혼기념일이라고 한 번. 일주일 사이에 세 번이나 전화를 걸었더니, 어린아이가 크리스마스 선물 받은 것처럼 기뻐하신다.

올해로 부모님께서는 결혼 40년 차를 맞이했다. 아버지가 지금 내 나이 되던 해, 두 분은 가정을 꾸렸다. 이후 긴 시간 동안 서로에게 의지하며 세월을 보냈다.

하지만 서로에게 의지하는 것과는 별개로 두

분이 내 앞에서 애정표현 하는 일은 일절 없었다. 소싯적에는 손을 잡는 일에도 인색한 부모님을 보며 '아빠 엄마는 TV 속 부부들처럼 서로를 사랑하지 않는구나.'하고 생각한 적도 있었다.

그런데 성인이 되어 몇 번의 사랑을 경험해보니 키스와 포옹, 애정표현의 빈도가 사랑의 지표가 될 수 없다는 걸 알았다. 보이지 않아도 굳건한 마음으로 서로를 지지한 그들의 사랑은 감히 나 따위가 평가할 수 있는 게 아니었다.

누구처럼 다이아 주렁주렁 달린 반지를 사주거나 유람선 파티를 열어주진 못해도 '니 생각나서 사왔다.'라며 당신이 자시지도 않는 통닭을 건넨 후 어머니가 맛있게 먹는 표정을 지켜보며 미소 머금는 일이 허다했다. 또한 관절염으로 고생하는 어머니가 어디라도 다녀오면 마을 입구까지 나가 기다리는 아버지는 로맨티스트였다. 아침저녁으로 어머니의 어깨와 다리를 안마해줄 줄 아는 다정한 남자였다.

그런 아버지에게 어머니는 햅쌀 같은 여자였

다. 첫눈에 쏙 하고 들어오진 않지만 봐도 봐도 질리지 않으며, 살아가는 동안 없어서는 안 될 소중한 존재라는 의미로 어머니를 '햅쌀 같은 여자'라 불렀다.

그리고 그 햅쌀 같은 여자는 아버지가 하고자 하는 일이라면 늘 지지했고, 뒤에서 묵묵히 도왔다. 몇 해 전, 주민 80%의 지지를 얻어 이장에 취임한 아버지를 도와 마을 행정을 살피는 한편, 독거 어르신들을 보살폈다. 아버지가 항암 치료로 한 달 가까이 집을 비울 때면 이장 대리 자격으로 마을 일을 도맡았다.

두 분이 마을 행정 전반을 관리하는 동안, 마을 돈 10원도 허투루 쓰거나 사람들을 속여 이익을 챙기는 일이 없었다. 손수 작성한 예산 보고서와 1년 치 지출 내역을 빠뜨림 없이 공개한 일은 주민들의 귀감이 되기도 했다.

그밖에도 하루가 멀다 하고 마을 입구를 청소하고, 거동이 불편한 어르신들을 목적지까지 태워주는 등, 여유롭지 않은 상황에서도 선행을 아끼지 않았다. 그 덕분에 얼마 전, 마을 주민 전원의 지지를 얻어 이장에 재선출 되었다. 그러나 아버지의 몸은 이장 일을 맡을 수 없을 만큼 쇠약해져 있었다. 세찬 태풍이 마을을 휩쓸고 간 날, 아픈 몸을 이끌고 보수 공사를 벌이다 입원한 일을 비롯해 크고 작은 사건 사고로 폐렴에 걸리는 등 마을 일로 인해 3~4차례 병원을 오가며 기력을 잃었다.

때문에 아버지가 재차 이장 일을 하는 걸 말렸다. 아무리 잘해도 알아주지 않는 이장일 따위 왜 하냐고, 적당히 타협도 하면서 은근슬쩍 삥땅도 쳐야 콩고물이 떨어질 텐데 10원짜리 하나까지 꼼꼼히 챙겨서 무슨 영광을 얻으려 하냐고, 고작 20만 원 받으며 하는 일에 자기 몸 던지지 말고 아버지 하고 싶은 일이나 하고 사시라며 날을 세웠다.

하지만 어머니의 생각은 달랐다. 아버지가 일을 하지 않으면 삶의 낙이 없어지는 거라고 했다. 당신 행복 중 하나가 동네 사람들과 오손도손 사이좋게 정을 나누는 건데, 그런 보람을 빼

앗을 수는 없다고 했다.

당신들은 그런 사람이었다. 내가 좀 못살더라
도 타인에게 피해는 주지 말아야 한다, 조금이라
도 여유가 있으면 돕고 살아야 한다, 내가 조금
힘든 걸로 모두가 함께 행복해질 수 있다면 그걸
로 된 거다. 라는 신념으로 한평생을 살았다.

한때는 그런 부모님이 미웠다. 새해랍시고 안
면도 없는 이들로 가득한 검문소에 들러 떡국을
전달하질 않나, 당신들도 힘들면서 주변 사람들
에게 세간살이를 나누질 않나. 항상 착하게만 살
려는 당신들을 보면서 '나는 나만 생각하고 나만
바라보며 잘 살겠다.'라 다짐했다. 성공을 위해
서라면 타인의 사정 정도야 무시할 수 있는 사람
이 되어야 한다 생각했다.

그렇다 한들 그들의 희망과 바람을 막을 권리
는 없었다. 그렇기 때문에 썩 내키진 않지만 더
이상 아버지의 결정을 반대하지 않기로 했다.

동시에 한 번 더 믿어 보기로 했다. 물질적으
로 풍요롭진 않았지만, 하늘에 우러러 한 점 부

끄럼 없이 산 당신의 일상, 힘들게 사는 한이 있더라도 당당하게 가슴 펼 수 있는 당신의 삶, 나눔으로 모두가 행복해질 수 있는 당신의 인생이 옳다는걸. 아무리 힘들지언정 아버지가 행복하다면, 당신이 웃을 수 있는 일이라면 그 선택을 믿고 따르기로 했다.

좀 더 불쌍한 사람

2016년 8월

아버지가 5살 되던 해 6.25 전쟁이 발발했다.
아무런 죄 없이 빨갱이로 몰린 할아버지는 어디
론가 끌려가 억울한 죽임을 당했다.

하루아침에 풍비박산 난 집안에 남겨진 할머
니와 8형제는 지독한 가난에 시달렸다. 그 와중
에도 작은아들은 '언젠가는 아버지가 자전거 타
고 마을 입구로 들어 오실 거다.'라는 믿음 하나
로 매일 같이 동네 입구에 나가 기약 없는 기다
림을 반복했다. 돌아올 아버지께 한 점 부끄럼
없는 아들이 되기 위해 누구보다 열심히 공부했
다.

고모들 말에 의하면 어릴 적 아버지는 영어 말하기를 좋아해, 중학교 시절엔 부산 시내 영어 말하기 대회에 나가 상을 휩쓸 정도였다고 한다.

그런 아버지에게서 대학 졸업장 들고 '교육이다. 계몽이다.'하며 똑똑한 티를 내다 윗사람들에게 찍혀 죽임 당한 남편의 모습을 본 할머니는 필사적으로 학업을 막았다. 제발 모나지 말고 조용히 살라 그랬다. 하지만 할머니의 잔소리도 아버지의 열의를 막지 못했다. 행여나 할머니가 방에 들어올까 봐 막내 고모에게 방문을 걸어 잠그게 한 다음 열쇠를 숨겨 밤새 공부했다. 그러나 거기까지였다. 끝없이 무너지는 가세로 인해 학업을 중단해야 했다.

이후 이런저런 일을 전전하다 해병대에 입대한 그는 약 1년을 월남에서 보냈다. 전쟁의 최전선에 나서는 해병대 신분상 파견을 거부할 수 없었거니와 할머니 병원비와 생활비 마련을 위해서라도 피비린내 나는 전선에 나갈 수밖에 없었다.

귓가를 찢을 듯한 포탄 소리와 기분 나쁜 죽음

냄새가 감도는 전쟁터에서 그는 숱한 위기를 겪었다. 적군의 습격으로 수많은 동료를 잃었고, 본인 또한 수 차례 목숨을 잃을 뻔했다. 하루는 받들어 총 자세로 진군하던 도중 어디선가 날라온 총알에 정신을 잃고 쓰러졌다. 한참 후 정신을 차리고 일어나보니 개머리판에 총알이 다닥다닥 박혀 있었다. 군 제대 후에도 그의 삶은 그리 순탄치 못했다. 군대에서 얻은 고엽제 후유증으로 매일 밤 끔찍한 고통에 시달렸다. 게다가 막내 고모를 시집 보내기 위해 집을 판 이후에는 오고 갈 데가 없어서 시집간 거제리 고모네서 객식구로 살았다.

그런데 얼마 못 가 고모가 교통사고로 돌아가시는 바람에 마음의 병까지 얻었다. 모든 상황이 절망적이었다. 나라로부터 부모를 잃고, 월남전에 끌려가 지독한 후유증을 얻은 것도 모자라 '연좌제'란 덫에 걸려 취업에 실패하는 등 굴곡진 삶이 이어졌다.

내가 더 불쌍했네, 힘들었네 우열을 가리기 힘들었던 시절. 그중에서도 아버지는 좀 더 불쌍한 사람이었다. 그럼에도 불구하고 평생 악한 마음을 품지 않았다. 남을 속이거나 누굴 원망하려 들지 않았고, 조금이라도 여유가 생기면 타인을 도왔다. 나눌 수 있다면 과자 부스러기까지 나누려 했다. 그렇게 법 없이도 살 사람, 선한 사람, 신선 같은 양반이라는 말과 함께 버틴 지난 세월. 이제 좀 살 만하다 싶던 찰나 다발골수종이라는 끔찍한 병을 얻었다. 것도 모자라 얼마 전에는 폐렴, 신부전증 등 각종 합병증까지 겹쳐 출구를 알 수 없는 어둠에 빠졌다.

2016년 8월

지난가을, 병세가 악화된 아버지를 간호하기 위해 한국에 돌아갔을 무렵, 겨우 의식을 되찾은 그에게 주치의 선생님께서 어렵게 입을 뗐다.

"아버님…. 이제 *벨케이드와 *레블리미드가 잘 들질 않습니다. 그래서 드리는 말씀입니다만, *포말리도마이드라는 약을 써보시는 게 어떠실지요. 다만 이 약은 보험적용이 안 되기 때문에 보훈청에서도 환급 대상으로 인정하질 않습니다. 한 번 맞을 때마다 비용이 4~50만 원정도…. 그래도 맞고 나면 지금 쓰시던 약보다는 훨씬 괜찮을 겁니다."

*항암제

82

선생님의 권유에 아버지는 사람 좋은 웃음으로 대답을 대신했다. 그의 생각을 알아챘는지 선생님도 더 이상 종용하지 않았다. 이후 한참을 천장만 바라보던 그는 '너네 엄마가 고생이 많다. 나 때문에….' 이 한 마디를 남기곤 등을 돌렸다. 젊은 시절, 꾸준한 운동으로 얻은 넓은 어깨와 빵빵한 근육은 어딜 가고 뼈만 앙상히 남은 초라한 등판을 바라보며 취업 대신 대학원을 선택한 지난 과거를 후회해야만 했다.

고작 몇백만 원 벌 능력도 없어 이런 절박한 순간에도 아무것도 할 수 없는 나 자신을 자책했다. 또한, 국가로부터 부모를 잃은 것도 모자라 꿈과 희망도 잃고 병도 얻은 아버지에게 대체 이 나라가 해준 게 뭐가 있나 하는 생각에 조국을 원망했다.

비극은 여기서 끝나지 않았다. 이번엔 아버지가 백내장까지 걸려 앞을 잘 보지 못한다는 소식을 접했다. 보통 사람 같으면 수술 한 번으로 끝날 일이지만, 항체가 없어 출혈이 우려되는 아버지에게 수술은 무리였다. 남은 일생을 흐릿한 눈으로 살아야 한다는 말이었다. 이제 나는 더 이상 아버지가 운전해주는 차를 탈 수도, 그가 만들어주는 찹쌀밥을 먹을 수도 없다. '아버지, 내가 꼭 출판에 성공해서 첫 번째로 나온 책을 선물할게. 가장 먼저 첫 장을 읽을 수 있는 기회를 드릴게.' 이렇게 새끼손가락을 걸고 한 약속도 못 지킨다.

그래서 마음이 갈기갈기 찢어지는 것 같은데, 그런 내 마음을 아는지 모르는지 당신은 남의 나라 사는 자식 걱정만 한다. 아예 못 보는 것도 아니고, 너네 엄마 얼굴은 알아보고 딴 사람은 몰라도 너는 저 멀리서도 알아본다고. 나는 괜찮으니 햄버거 대신 밥 잘 챙겨 먹고, 논문 때문에 답답하더라도 너무 불안해 하지 말고 맘 편히 가지라고. 비염 때문에 훌쩍거리면 같은 연구실 사람들이 불편해 할 테니 자기 전에 꼭 죽염으로 코와 목을 깨끗이 씻어내라고.

당신 걱정에 건 전환데…. 자식 걱정만 하다

수화길 내려놓는 아버지가 너무 보고 싶다. 단
하루만이라도 좋으니깐, 하나 둘 셋 보고 있으면
뒤로 다가와 날 꼭 안은 채 비행기 태워주던, 두
손 꼭 잡고 세상 구경 시켜주던 젊은 시절의 당
신이 그립다.

작성 시기 불명

자식 농사

평생 한두 번 지어보는 자식 농사

어찌 호락호락하겠냐마는

내 농사 네 농사 비교하는 말 하지 마오.

그 말이 행동 되어 그 농사 흉풍 되니.

작성 시기 불명

자식 농사

굵고 거친 손마디도

허리 휘는 고통도

너 밝은 모습에서 보람을 찾고 위안을 얻네.

2016년 9월 23일

"아빠. 나는 내 고집에 대학을 늦게 들어간 데다 일본 가서 몇 년간 지내느라 남들보다 몇 년이나 뒤처졌잖아. 예전엔 뒤처짐을 몰랐는데 누구는 대리 달고 또 누구는 결혼한다는 말을 들으니 조금씩 조바심이 나네. 특히 요즈음 들어서는 '여태까지 뭐 했나. 이 나이 먹어 부모 등골이나 빼 먹고 대체 뭐 하는 짓인가….'하는 자괴감이 들 때가 있어.

그런데 정말 화나는 건 뭔 줄 알아? 그 와중에도 하고 싶은 일이 너무 많다는 거. 내가 하고 싶은 일만 해선 안 되잖아. 엄마 아빠 생각하면 얼른 대학원 공부 마치고 사회생활 하며 살림에 보탬이 되어야 할 텐데 지금 이 순간에도 하고 싶은 일이 너무 많아. 아빠도 이런 내가 한심하제?"

"탄호야. 아빠가 베트남으로 파병 갔을 때 한 달에 50불가량을 받았는데, 매번 1달러도 남김없이 한국으로 송금했다. 할머니는 오늘내일 하시제, 너네 막내 고모는 병수발하느라 정신 없제. 내야 전쟁에 있으니 돈 쓸 일도, 배곯을 걱정도 없고…. 월급 들어오는 족족 한국으로 보내쳤다. 거기 있으면서 쓴 돈이라고는 한국으로 돌아오기 한 달 전에 산 파나소닉 라디오 카세트. 그거 하나 산 게 전부였다. 그런 내를 보고 주변 동료들은 '독한 놈', '불쌍한 놈'이라 그랬다. 근데 그때는 내 월급으로 할머니 살리고 동생 밥 멕이는 게 유일한 보람이었다. 그래서 한국으로 보내는 그 50불을 아까워해 본 적이 없었어. 저번에 니가 그랬제. 아빠처럼 안 살겠다고. 나만 생각하고 나를 위해서만 살 거라고. 그래, 니는 절대 내처럼 살지 마라. 하고 싶은 거 있으면 꺼리지 말고, 먹고 싶은 게 있으면 아끼지 마라.

도전하고 싶은 일이 있음 거침없이 부딪쳐라. 그러다 부족함이 생기거든 아빠한테 기대어라. 두려움이 생기거든 내 품으로 안기거라. 네 뒤엔 항상 내가 있다는 걸 명심해라. 아빠한테 기댄다 해서 미안해하지 말아라. 네 성장해가는 모습을 지켜보는 게 얼마 남지 않은 아빠 삶의 행복이다. 네 행복을 위해서라면 나는 언제든 전쟁에 뛰어들 거다. 그러니까 탄호야. 니는 아빠처럼 살지 말고 너 하고 싶은 일 마음껏 하며 훨훨 날아라. 네 뒤안엔 항상 아빠가 있다. 알긋제."

2016년 9월 29일

항암 지료에 신부선증, 대상포진에 폐렴까지.
여느 때보다 힘든 여름을 보내다 간신히 퇴원하
던 날, 어지럼증으로 병원 계단에서 굴러 넘어지
면서 척추를 다친 아버지. 그날 이후로 병세가
악화된 당신이 걱정스러워 연락하는 횟수가 부
쩍 늘었다.

"탄호 요새 자주 전화해주네. 밥 먹었나?"

진작에 이리 자주 연락했으면 얼마나 좋았을
까? 이틀에 한 번, 선심 쓰듯 거는 전화에도 기뻐
해 주는 아버지 반응에 미안함이 절로 커졌다.
그때

"탄호야, 니는 인생에 있어 가장 이루고 싶은
게 뭐고? 꼭 추구하고 싶은 게 있나?"

"글 잘 쓰는 사람? 베스트셀러가 되면 정말 좋
을 거 같은데. 내 책이 잘 팔리면 아부지도 좋겠
제?"

평소에도 자주 나눴던 이야기라 이날도 여느
때와 다름없는 답을 내놨다. 내 말이 끝나자 그
는 거친 호흡을 다듬은 후 입을 열었다.

"탄호야. 내가 얼마 전까지만 해도 어르신들끼
리 잘 때 열반하라는 덕담을 주고받는 게 이해는
커녕 실감도 안 났는데, 이번에 크게 앓고 나니
죽음이라는 게 얼마나 무서운 건지 와닿더라. 너
무 공포스럽더라. 그래서 탄호야…. 내가 니한테
하고픈 말은 물질적으로 큰 부를 쌓고 명예를 얻
는 것도 좋지만, 인생은 짧아서 그런 것들만 이
루려 하면 정작 일상 속 작은 행복을 놓치고 만
다. 그런데 인간이라는 게 참으로 어리석어서 그
당시엔 모르다가 아프고 나서, 혹은 죽음의 문
턱에 이르러서야 '진짜 행복'을 깨닫고 슬퍼하더

라.

탄호야. 행복이라는 건 멀지 않은 곳에 있다. 재물을 탐하고 남을 짓밟고 올라서기 보다는 항상 주변을 살피고 네 사람들을 챙길 줄 아는 성인이 되면 좋겠다. 학문에 심취하는 것도 좋고 책을 많이 읽는 것도 좋지만, 그보다 더 좋은 스승이 일상이다. 일상이 배움이고 배움이 일상이니 많은 사람들과 소통하고 넓은 눈으로 세상을 바라봐라. 무슨 말인지 알겠제? 아빠는 이제 쉴 테니 엄마랑 통화해라. 너네 엄마가 내 때문에 고생이 많다. 그러니까 엄마한테 화내지 말고 잘하고….”

그리고 이틀 후

마음의 준비를 해야 할 것 같다는 전화를 받았다. 죽음이 얼마나 무서운 것인지를 알았기에 이제는 정말 벅차다는 아버지를 위해 지금 당장 내가 할 수 있는 일이 있을까. 하는 생각과 함께 곧장 한국행 비행기에 올랐다.

탄호의 아침

오늘 아침에 우리탄호 경찰관했다
일찍 일어나 세수도 잘하고
함께 기차 기사도 잘읽고
아빠는 탄호가 경찰 장하게
　　　　생각 되더라
내 사랑하는 탄호가 어제는
걸로 장에　갔다 오다가
넘어져 무릎을 파쳐서
　　어까나 이 팠을까
건강하지 아빠는 너무나
　　　슬펐단다
이제는 때려도 안울고
자전거 타려고 조심했으면
　　좋겠구나
오늘 오후크　건강하길

　이　아빠는　띤어주마

3장

그럼에도 불구하고

: 누군가의 슬픔으로 위로 받아야

하는 상황이 얄궂어 한참을 울었

다.

그럴 리 없지

2016년 9월 29일

김해 공항에 도착해 곧장 병원으로 향했다. 몇 주 째 아빠를 간호한 엄마를 대신하기 위함이다. 한 시간의 이동 끝에 병원 입구에서 엄마를 만났다. 세상 가장 슬픈 눈망울로 서로를 안은 후 10층 암 병동으로 올라갔다.

"탄호야…. 실은 아빠가 기억이 오락가락한다. 얼마 전에 이모들 왔을 때 한참을 못 알아보더라. 한 번씩 헛소리도 하고. 의사 선생님 말씀으로는 *섬망 현상이래. 그래서 말인데 인기척 내지 말고 살짝 들어가 볼래? 아빠가 니를 알아보는지 못 알아보는지.. 행여나 못 알아보더라도

*심한 과다행동과 생생한 환각. 초조함과 떨림 등이 자주 나타나는 상태.

너무 실망하지 말고… 아까 전까지도 아빠는 니
이야기만 하더라."

"응…."

입술을 꼭 깨문 채 병실에 들어갔다. 슬픔, 혼
란, 두려움, 복잡한 마음을 안은 채 다른 사람 병
문안 온 것 마냥 아빠 침대 앞을 지나는 순간,

"어? 탄호 언제 왔노?"

하고 아빠가 나를 불렀다. 아빠가 날 못 알아
본다니. 그럴 리 없지.

"아빠…! 내 지금 왔다. 보고 싶었제. 내 많이
보고 싶었제."

"응. 탄호 잘 지냈나? 밥 먹고 왔나?"

"밥 뭇지. 그리고 오늘 저녁도 챙겨 먹을 거고.
아빠랑 같이."

2016년 추정

세상을 바르게 살려고 노력하고 실현하는 너의 모습이 장하고 자랑스럽구나. 그런 네게 항상 미안한 것은 웃음에 인색한 삶과 폭넓은 대인관계가 없었던 점 긍정적이고 도전적이며 자신만만한 모습을 보여주지 못한 점 경제적으로 너를 만족시키지 못한 점 행복을 알려주지 못한 점….
그 밖의 무수한 점.

인생 늘그막에 다다라서야 하는, 알려줌이 너무 늦은 듯하여 떼기 어려운 말이지만서도 아들아. 부디 웃을 줄 아는, 행복한 삶을 살길 바란다.

2016년 추정

아들.

너의 성장함이 나의 보람이었다.

너의 상처 속에 내 영혼이 대신하고

너의 아픔 속에 내 마음이 대신할지어니.

슬퍼 말거라.

아버지의 일기

2016년 추정

아들아, 내 죽음이 네 삶의 길을 막았다 생각 말 거라. 네가 판단해서 더 좋은 길을 택할 수 있는 기회라 생각하고 마음의 눈을 뜨거라. 신이 부여한 소중한 시간을 헛되이 보내다 늙은 몸뚱이 하나만 남았음을 너무도 늦게 깨달은 아빠처럼 어리석게 살지 말거라. 아빠가.

아버지의 일기

2016년 9월 27일, 치료실에서

탄호야.

혹시 내가 죽어도 너무 슬퍼 말아라.

어차피 한 번은 겪어야 할 일,

가슴 펴고 씩씩하게 살아가거라.

보름달

2017년 1월 15일

지난 밤하늘에는 보름달이 떴다. 예전부터 엄마는 보름달이 뜰 때마다 마당에 나가 소원을 빌었는데, 그런 그녀의 뒷모습을 볼 때마다 매사 시큰둥했던 기억이 있다. 빌어서 이루어질 리가 있나.

다발골수종 진단 이후, 2년 버티기도 힘들 거라는 의사 선생님 말이 무색하게 7년째 투병 중인 우리 아버지. 그런데 그는 지금 이 상황이 '투병'이 아니라고 한다. 온몸을 타고 도는 암세포는 싸워서 이길 수 있는 게 아닌, 어르고 달래 신중히 다스려야 할 놈이니 투(鬪)보다는 치(治)

가 맞지 않냐고 한다. 듣고 보니 일리 있는 말이다.

그리고 얼마 전, 아버지는 또 한 번 병을 다스리기 위해 병원에 장기 입원했다. 그런데 이번에는 항암약이 독했는지 열흘 넘게 밥 한 숟갈 못 삼켰다. 그 사이 체중이 6kg나 줄며 앙상한 뼈만 남았다.

53kg.

그런데도 그는 '난 괜찮으니 니가 더 힘내라'는 말로 독려하기에 바쁘다. 당신도 괴롭고 힘들면서 내 생각까지 해줄 여유가 어딨다고…. 늘 착한 역할은 당신 몫이다. 그날 밤, 엄마로부터 몇 장의 사진을 메시지로 받았다. 간이 계산서 편지다. 어릴 적부터 아버지는 가게에서 내 생각이 날 때마다 계산서 뒤편에다 한 장 두 장 편지를 써주셨는데, 그걸 찾은 모양이다.

거기에 격려도 더했다. 엄마가 말하길, 예나 지금이나 날 사랑하고 그리워하는 마음은 변함없으니 마음 편히 갖고 최선을 다하란다. 늘 너를

위해 기도하고 있으니 어떤 선택을 하든 지금보
다 행복해질 거란다. 편지를 읽은 후 옷을 챙겨
입고 바깥에 나가 보름달을 찾았다. 그리고는 달
을 향해 빌었다.

'제 마음속 깊은 곳에 자리 잡은 어두운 마음
을 환히 비추어 주세요. 30년간 조건 없는 헌신
적인 사랑으로 저를 지지해준 우리 엄마 아빠.
그러니까 저의 보름달이 오래오래 행복하고 건
강하게 지낼 수 있도록 도와주세요. 제 마음속
깊이 자리 잡은 어두운 마음까지 환히 비춰 주세
요. 빛을 주세요. 이젠 제가 그들의 보름달이 되
고 싶어요.'

2017년 2월 9일

항암 치료와 별개로 혈액 두석과 허리 치료 및 피부과 진료까지 받고 있는 아버지. 목에 칼이 들어와도 '악'소리 한 번 안 내던 그는 지금 '억' 소리 지를 힘조차 없어졌다. 얼마 전에는 잠시 자릴 비운 사이, 혼자 화장실을 다녀오겠다며 몸을 일으키다 침대에서 굴러 또 한 번 허리를 다쳤다. 그날 이후로 대소변과 식사에 이르기까지 보호자 없이는 해결할 수 없는 상황에 이르렀다.

간병 XX일 차…. 병실 간이침대에 앉아 힘없이 누워있는 그를 바라봤다. 오랜 항암치료로 핏줄 대신 시퍼런 멍만 남은 앙상한 손목에 시선이 멈췄다. 내가 알던 그 두껍고 야무진 손아귀는 어딜 갔는가. 속상한 마음에 그의 손을 마주잡았다. 겨울 고목만큼이나 차갑던 그의 손에 점차 열기가 차올랐다. 작은 온기에 눈을 뜬 그는 '네가 있어 행복하다' 말하며 웃음 지었다. 짜증 한 번 안 내고 간병해주는 것도, 온기 가득한 손길로 앙상한 손을 맞잡아주는 그 뜨거움도 내가 해주는 거라면 다 좋단다. 지난 30년, 당신이 보내준 조건 없는 사랑으로 채운 36.5도…. 그간 남의 나라 사느라 효도는커녕, 효도 코스프레도 못 해봤지만 함께 있는 동안엔 최선을 다하기로 했다.

간병 XX일 차.

오래간만에 아버지를 뵙고 싶다는 친구 조씨와 함께 병원을 찾았다. '아빠'하는 소리에 고개를 드는 아버지의 혈색은 썩 나빠 보이지 않았다. 여전히 힘겹지만, 오늘은 한두 숟갈 씩 밥도 삼킨다.

'이렇게 조금씩 회복하면 다음 달에는 퇴원할 수 있겠지?'라는 부푼 마음으로 아버지의 점심식사를 도운 후 어머니와 조씨를 데리고 병원 근처 국밥집에 갔다. 돼지 국밥 세 그릇과 왕만두 다섯 개. 거기에 소주 한 병을 곁들이니 나름 진

수성찬이다. 여기에 매일 양어깨를 추욱 늘어뜨린 채 홀로 먹던 것과 대조적으로 가장 가까운 이들과 함께 국밥 한 그릇 말아 먹으니 천군만마를 얻은 듯 마음이 가볍다. 여느 때보다 신나는 마음으로 그릇을 비워가던 중, 병원에서 전화가 걸려왔다.

"보호자님, 박병순 아버님 지금부터 치료실로 병실 옮기실 겁니다."

치료실이라니? 열에 아홉은 죽어 나온다는 그곳을, 지난해 모두가 힘들다고 했을 만큼 상황이 악화된 아버지가 열흘간 머물렀던 그 무서운 곳을 또 들어가야 한다니.

아니 것보다는 방금 전까지 멀쩡하게 점심 식사까지 잘 마친 사람이 왜 거길 들어간단 말인가? 아무리 생각해도 납득이 안 갔다. 엄마도 '전산상에 착오가 생긴 걸 수도 있어.'라 대수롭지 않은 척했지만, 불안함을 지우지 못한 기색이 역력했다. 결국 '엄마, 조 씨랑 천천히 밥 먹고 온나. 내가 가서 알아볼게.'라 한마디 내뱉은 후 곧장 병원으로 뛰어갔다.

엘리베이터 기다릴 시간도 아까워 비상계단을 찾았다. 소화도 안 된 상태에서 뜀박질로 계단을 오르니 배는 배대로 씩씩거리고 목 언저리에 머물러 있던 음식은 미친 듯이 역류했다. 그러나 설마 하는 불안감과 비교하면 이 정도 괴로움은 아무것도 아니었다. 1층 2층…. 10층…….

어떻게 뛰었는지도 모르겠다. 땀을 뻘뻘 흘려가며 병실에 도착하니 아버지 침대 주변으로 간호사들이 몰려 있고, 아버지는 아무렇지도 않은 얼굴로 앉아 계셨다.

"박병순 환자 보호자인데 왜 갑자기 치료실로 옮긴다는 겁니까?"

그쪽에서도 따로 전달받은 건 없는 눈치였다. 서로 바라보며 눈만 멀뚱거리는 게 고작이었다. 그때 데스크에서 수간호사님이 뛰어오시더니,

"보호자님, 너무 죄송합니다. 같은 병동에 아버님과 동명이인이 계신데 저희 쪽에서 그 분이

랑 아버님을 착각한 모양이에요. 너무 죄송해요.
많이 놀라셨죠."

하아…. 실수가 있었다며 사과를 하시는 순간,
양다리가 풀리면서 눈물이 뚝뚝 떨어졌다. 이내
서둘러 눈물을 닦고는 저는 괜찮으니, 실수한 간
호사님을 혼내지 마시라고 대답했다.

그렇게 사달이 마무리되고 나서도 감정을 주
체할 수가 없어 화장실로 달려갔다. 우리 아빠가
아니라는 사실에서 오는 안도감과 누군가의 슬
픔으로 위로받아야 하는 이 상황이 얄궂어 한참
을 울었다.

2017년 2월 13일

    아버지는 예의 바르기로 대한민국 둘째가라면 서러울 양반이라 어지간히 가까운 사람이 아니고서야 말 놓는 법이 없었다. 지나가던 초등학생에게 길을 물을 때도 '학생, 내가 어디어디에 가려 하는데 혹시 어딘지 알고 있어요?'하고 공손히 물을 정도였다.

    그걸 보는 입장에서는 퍽이나 답답해서 '한참 어린애들에게는 그렇게까지 안 해도 된다.'고 잔소리를 하면 '그래도 남의 집 귀한 자식이고 소중한 인격체인데 어찌 말을 놓노. 존중해줘야제.'라 내 말문을 막은 게 한두 번이 아니었다.

그렇게 예의가 몸 깊숙이 밴 탓에 의식이 흐릿한 지금 이 순간에도 간호사 선생님과 의사 선생님이 찾아오면 없는 힘까지 짜내 가며 공손히 인사한다. 고개 끄덕일 힘도 없는 양반이

"의사 선생님, 이런 모습만 보여줘서 미안합니다."
"간호사 선생님 고맙습니다."

이렇게 꼬박꼬박 표현하는 걸 보면 안쓰러울 지경이다. 또한 어떤 상황에서도 남들 앞에서는 화를 내거나 목소리를 높이는 일이 적어 양반이라 불렸던 당신.

그런데 최근 들어 조금씩 변화가 일었다. 항암약의 부작용과 더불어 백내장과 청력 감퇴, 거기에 허리까지 못쓰게 되면서 예민해진 것이다. 그 결과 별거 아닌 일로 짜증을 내거나 다른 환자들 있는 곳에서 목소리를 높이는 일도 생겼다. 얼마 전에는 평생 안 그러던 분이 남들 앞에서 버럭하고 화를 내니 환장할 지경이었다.

결국 속상한 마음에 병실 앞에서 엄마를 끌어

안고 한참을 울었다. 그럼에도 불구하고 나는 괜찮았다. 왜냐하면 지금 이 순간조차 사무치게 그리워할 날이 올 거라는 걸 아니깐. 매번 아버지 소변 누이느라 늦은 밤까지 오물통 들고 화장실 들락거리는 것도, 여가 생활은커녕 일상생활도 없이 병원에서 대기하는 것도 아버지와 함께 할 수만 있다면 얼마든지 견딜 수 있다.

짜증 내도 좋고 화내도 좋고, 고함쳐도 좋으니 부디 당신이 약속했던 2025년까지 함께 합시다. 사랑하는 우리 아버지.

얼른 나아서 집에 가자

2017년 2월 15일

일본으로 돌아가기 전날, 병실을 지켰다. 당신이 못 드시고 남긴 병원 밥으로 배를 채운 후 시퍼렇게 멍든 손을 잡았다. 손에 힘을 줬다, 뺐다. 몇 번의 장난을 주고받다 스르르 하고 눈을 감았다.

얼마나 많은 시간이 흘렀을까? 뜨거운 시선에 눈을 떴다. 침상 위에 누워 있던 아버지가 나를 지켜보고 있었다.

"아빠, 오전 2시 반인데 왜 안 자고 있어? 화장실 가고 싶어서?"
"아니."

혹시 불편한 데가 있나 싶어 이것저것 물어봐
도 괜찮단다. 걱정스러운 마음에 아버지 얼굴을
쓰다듬었다. 양 볼에는 차가운 눈물이 고여 있었
다.

아무 말 없이 손수건을 꺼내 당신의 얼굴을 닦
았다. 그 후로 한참 동안 말 대신 시선만 주고받
았다. 그러다 아버지가 먼저 입을 열었다.

"다 나으면 내가 일본으로 갈까?"

"에이, 다 낫고 회복해야 오지. 비행기랑 신칸
센까지 타는 게 보통 일이 아닌데. 밥 잘 자셔서
얼른 나아야 뭘 하든가 하지. 얼른 기력 차려서
타츠가와 상 계시는 오이타도 가보고, 아들 대학
원 수료식에도 참석해야 하잖아. 그러려면 내일
아침부터 잘 자셔야지."

"그래야제. 동네 사람들이랑 이리 오래 떨어져
있어 본 것도 처음인데…."

"동네 사람들 보고 싶어?"

"많이 보고 싶지."

"그럼 얼른 나아서 집에 가자."

"이제 삼사일이면 다 낫는다."

2017년 2월 16일

한 달에 20일 이상 일본에 체재할 것

위 조건을 지키지 않으면 일본 문부과학성으로부터 장학금이 끊기는 탓에 병상에 계신 아버지를 두고 일본으로 돌아가야 했다.

하지만 퇴원은커녕, 걷지도 못하는 당신을 두고 좀처럼 발걸음이 떨어지질 않았다. 그 여느 때보다 마음이 무거웠지만, 어쩔 도리가 없었다.

"아빠 나 금방 다녀올게. 아프지 말고. 다시 돌아올 무렵에는 꼭 회복해서 접때 말한 것처럼 같이 여행 갑시다. 차 타고 저 멀리까지 다녀오자 아빠."

"아빠 걱정은 하지 말고 네 몸부터 챙겨라. 아빠는 괜찮으니까….."

판호에게 아빠

오늘아침에 우리판호 엄청 착했다
일찍 일어나 세수도 잘하고
학교 가라 인사도 잘 읽고
아빠는 판호가 엄청 착하게
생각 되더라
저 사랑하는 판호가 어제는
김포 장에 갔다 오다가
엎어져 무릎을 다쳐서
얼마나 아팠을까
생각하니 아빠는 너무나
슬펐단다
이제는 뭐에도 조심하고
자전거 탈때도 조심했으면
좋겠구나
오늘 하루도 건강하길
이 아빠는 빌어주마
너의 아빠 박 영숙

4장

가
슴
속
에

피
는

꽃

: 난 아직 아버지를 보낼 준비가

안 되었는데….

2017년 2월 18일

　이상한 꿈이었다. 커다란 항아리 속에는 물이 흘렀고 그 안엔 아버지가 눈을 감고 누워 계셨다. 평온한 표정을 한 얼굴 주변으로 찰랑거리던 맑은 물이 잔잔한 파장을 일으켰다. 걱정스러운 마음에 평소 거들떠보지도 않던 해몽 사이트를 뒤졌다. 딱 들어맞는 해석은 없지만, 항아리 꿈은 대체로 좋은 거란다. 그럼에도 불안한 마음이 가시지 않아 어머니에게 전화를 걸어 아버지의 상태를 확인했다. 목이 쉬어 말은 잘 못하지만 투석을 받고 나니 얼굴에 생기도 돌고 그럭저럭 괜찮단다. 걱정 안 해도 된단다.

2017년 2월 20일

무기력한 아침이었다. 잠시 연구실에 들를 일
이 있었지만, 내일로 미뤘다. 외출을 포기한 채
침대에 몸을 뉘었다. 아버지 생각, 진로 고민, 돈
걱정, 도무지 풀리질 않는 인간관계…. 주변을
둘러싼 모든 상황에 한숨이 절로 나왔다. 후- 하
는 입김과 함께 우울함이 짙어졌다. 아무래도 며
칠 전에 꾼 꿈이 신경 쓰인다. 천장만 응시하다
잠시 눈을 감았다.

오후 7시 35분. 눈을 뜨니 마음속 그늘만큼이
나 방안이 어두컴컴해져있다. 휴대폰을 열었다.
오후 7시 32분, 33분, 34분…. 1분 간격으로 3

통의 부재중 전화가 찍혀있다. 엄마다. 설마 하는 생각에 전화를 거니 수화기 건너편에서 울먹이는 목소리가 들려왔다.

"탄호야…. 얼른 짐 챙겨서 한국으로 온나."

"왜? 아빠한테 무슨 일 생긴 거 아니제, 아니잖아. 엄마도 알잖아, 아빠가 나랑 2025년까지 살기로 약속한 거. 이번에 퇴원하면 둘이 손잡고 여행 가기로 한 거. 엄마, 아니제? 그런 거 아니제?"

다급한 재촉에도 그녀는 묵묵무답이었다. 이건 말이 안 된다 싶어 명숙이 이모에게 전화 걸었다.

"명숙이 이모, 우리 엄마 왜 그래요. 왜 울어요?"

"탄호야. 숨 크게 들이쉬고 들어. 아빠가 돌아가셨어…."

말이 채 끝나기도 전에 수화기를 붙잡고 오열하기 시작했다. 그놈의 장학금이 뭐라고. 고작 십몇만 엔 받으려 몸져누운 아버지를 뒤로 한 채 일본에 왔더니 마지막을 못 지켜드리네. 게다가 이 늦은 밤 부산으로 가는 비행기가 없으니 장례는 어찌 치르나. 환장할 노릇이었다. 답답한 마음에 가슴을 두들기며 내일 아침 일찍 뜨는 비행편을 검색했지만, 녹록지 않았다. 한 자리 겨우 찾은 것도 액티브 엑슨지 뭔지 하는 프로그램 오류로 놓치고 말았다.

'어쩔 수 없이 오후 비행 편으로 가야 하나. 이 불효자가 인제 부모 가는 길까지 막네….'

그렇게 땅을 치며 오열하던 중, 친남매처럼 지내던 다운이 누나의 도움을 얻어 대구행 비행 편과 마산 가는 KTX 티켓을 구했다.

"우리 막둥이, 이제 그만 울고 짐 잘 챙겨서 한국 들어와. 누나가 마산역으로 나갈게. 그전에 눈 좀 붙이고…."

오열하는 것 말고는 아무것도 할 수 없는 길고 고통스러운 밤이었다. 자식과 인사도 못 나눈 채 돌아올 수 없는 길을 나선 당신 또한 얼마나 괴로우셨을까. 떠나는 그 길이 얼마나 힘들었을까. 새벽 4시 30분, 옷가지 몇 벌 챙겨 집을 나섰다. 택시도 버스도 없는 빈 거리에 짙은 눈물을 뿌렸다.

그 어느 때보다 길었던 한국 가는 길. 히로시마에서 출발해 후쿠오카, 대구를 거쳐 도착한 마산역에는 항상 마중 나오던 아버지 대신 다운이 누나가 나와 있었다. 포옹으로 인사를 대신한 채 서로의 손을 붙잡고 장례식장까지 이동했다. '아'라는 단어만 나와도 눈물이 쏟아질 것 같아 입술을 깨물었다.

염불이 울려 퍼지는 장례식장엔 일가친지분들이 와 계셨다. 상주가 올 때까지 입관을 못 하니 모두들 목이 빠지게 기다린 모양이다. 인사드릴 틈도 없이 옷만 갈아입고 입관실로 내려갔다. 차가운 침상 위에 잠들어 있는 아버지의 얼굴은 며칠 전 꿈에서 본 그대로 평온해 보였다.

임종을 지키지 못한 사정도 있고 해서 염습 시작 전, 잠시 곁에서 이야기 나눌 시간을 얻었다.

'아빠…. 마지막 가시는 길 함께 못해서, 손 못 잡아줘서 너무 미안해. 아빠, 내가 옆에 없는데 슬퍼서 어떻게 떠났어? 한 번만 눈 좀 뜨고 대답해주라. 평소처럼 탄호 왔나, 밥은 먹었나?하고 물으면서 내 손 한 번 꼭 잡아주라.'

뜨거운 오열과 함께 차가워진 아버지 얼굴을 어루만졌다. 사망 후 24시간은 귀가 열려 있다는 말에 몇 번이고 사랑한다는 말을 되뇌었다.

주어진 시간이 흐르자 상조 아주머니가 다가와 염습과 입관 절차를 밟기 시작했다. 그때, 뇌를 번뜩인 생각에 한 번 더 양해를 구한 후 5분의 시간을 얻었다.

　'탄호야, 혹시 아빠가 세상을 떠나거든 울지 말고 해병대 군가랑 내가 자주 듣던 트로트 음악 틀어 놓고 반갑게 문상객들 맞이해주라. 화환은 필요 없고 생전에 내가 남긴 시집 몇 장만 곳곳에 걸어주라. 알긋제? 엄마랑 니가 슬퍼하는 모습을 보면 내가 어찌 발걸음을 떼겠노. 꼭 그렇게 해주라.'

　그러나 이미 모든 준비가 끝난 장례식장에선 그 약속을 못 지킬 것 같아 쓸쓸한 입관실에서나마 당신 얼굴을 어루만지며 미리 녹음해둔 음악을 틀었다.

　'아빠 잘 들었제? 이젠 내가 아빠한테 할 말이 있어. 이것도 좀 들어줘. 밤새 생각해온 말이 많거든. 오래 안 붙잡고 빨리 끝낼 테니깐 잠깐만 기다려봐. 자, 그럼 시작한다.

아버지, 낳아주셔서 고맙습니다. 조건 없는 무한한 사랑 주셔서 고맙습니다. 표현할 줄 아는 아이로 키워주셔서 고맙습니다. 엇나가지 않게 이끌어주셔서 고맙습니다. 성공보다는 행복을 추구하는 사람이 되라고, 무수한 실패 속에서 좌절하지 않도록 따스하게 보듬어 주셔서 고맙습니다. 이제 아버지 몫까지 열심히 살겠습니다. 후회 남지 않게 최선을 다하겠습니다. 당신이 늘 말씀하셨듯이 나 하나 잘살자고 타인을 수단화하거나 내 욕망을 위해 남의 가슴에 상처 주는 어른은 되지 않겠습니다. 그렇게 하나둘 아버지와 나눈 약속 모두 이룬 후 당신 곁으로 가는 날.

'당신 자식으로 태어나 자랑스러웠습니다, 아버지 몫까지 후회 없이 열심히 살았습니다.'하고 말할 수 있는 사람이 되겠습니다. 감히 아버지의 사랑에 견줄 수 없겠지만, 이제 어머니는 제가 잘 지킬게요. 너무 걱정하지 마세요. 사랑합니다. 사랑합니다….'

하고재비

2017년 2월 21일

아버지가 들어간 관에 뚜껑을 씌운 후 못을 박
았다. 하고재비 인생 30년에 얻은 특기라고는 부
모 가슴에 못 박기인데, 보내 드리는 날까지 못
을 박아야 한단다. 뭐 이런 일이 있나 싶다. 입
관식을 끝낸 후 눈물을 삼키고 호흡을 다듬었다.
집안 어른께서 말씀하시길 지금부터는 문상객이
오실 때마다 '아이고 아이고'하고 곡소리를 내야
한단다.

한데 곡소리를 맞이하는 영정 사진 속 아버지
의 표정은 꿈 많은 소년 마냥 해맑았다. 살아생
전 습관처럼 내뱉던 걱정을 잊은 듯한 밝은 모습
이었다.

'결혼식엔 부모 손님이 오고, 장례식엔 자식 손님이 온다는데 우리 탄호는 친구도 적고 20살부터 서울 찍고 일본으로 건너갔으니, 아빠 장례식 땐 너랑 엄마가 더욱더 쓸쓸하겠다. 그러니 탄호야. 혹 아빠가 죽거든 '아이고'하는 곡소리 대신 군가랑 내가 즐겨 듣던 트로트 음악 틀어놓고 손님들 맞아주라. 알았제?'

매번, 남겨질 사람 걱정과 함께 본인 장례식에 대해 신신당부하던 당신의 예상과 달리 이틀간의 장례식 동안 많은 지인 분들께서 와 주셨고 몇 안 되지만 내 친구들도 아빠 떠나는 길을 함께 했다.

우선 20년 지기 희완이가 장례 내내 곁을 지켰다. 함께 자란 소꿉친구 정미, 젊은 시절 아버지를 기억하던 상호, 민규, 석현, 현필이가 다녀갔다. 일본인 친구 마나는 물론이고 선수도 저 멀리 부여에서 차를 끌고 왔다. 콩이도 얼굴을 비췄다. 비행 편을 못 구해 제주도에서 발만 동동 구르던 조 씨도 어찌 표를 구했는지 늦은 밤에 장례식장에 들렀다. 한편 고모들과 엄마 사이에서 안장 문제로 작은 신경전이 오갔다.

"탄호 애비가 국가 유공자니 당연히 현충원을 가야지. 지금이야 자기가 남긴 말대로 집 뒷산에 모시고 싶겠지만 나중에 나이 들면 후회한다. 현충원에 가면 평생 관리 걱정할 필요 없이 얼마나 좋노. 그냥 현충원으로 가자."

"형님들 말씀도 일리 있습니다. 근데 자기가 죽어도 현충원은 안 간다데예, 살아서도 졸병이 었는데 죽어서도 졸병으로 남기 싫다고. 탄호 손 잡고 휘파람 불며 오가던, 저랑 매일 같이 노래 부르며 다니던 집 뒷산에다 화장해달라고 신신 당부했습니다. 저도 그 사람이 가까이 있어야 맘이 놓이고예."

엄마의 말이 끝나기도 전에 말을 보탰다. 아버지의 뜻을 온전히 지켜드리고 싶었다.

"고모. 대전에다가 모시면 아빠가 엄마 보고 싶어서 매일같이 울 거예요. 아빠가 좋아하던 산새 소리 들리는, 저 데리고 오르락내리락하던 뒷산에 모셔야 한 번씩 바람으로 내려와 엄마가 잘 있는지 확인하고 갈 거예요. 그러니까, 아빠는 뒷산에 모실게요. 일본 생활 정리하고 돌아오면 제가 항상 찾아뵐 거예요. 그러니 하고재비 아버지가 원하는 내로 다 해주고 싶어요."

2017년 2월 22일

    수 많은 문상객이 다녀간 후 친척 어른들과 완이, 조 씨, 석현이만 남은 장례식장. 텅 빈 실내를 떠돌던 적막함이 내게로 왔다. 또 한 차례 대성통곡을 할 것 같아 입술을 꼭 깨물던 찰나,

    "아버지 참 좋은 분이셨다. 난 종종 너네 아버지가 우리 아버지였으면 좋겠다는 생각을 했다. 아버지 위해서 힘내자, 친구."

    위로와 함께 두 손 꼭 잡아주는 조 씨에 의지해 슬픔을 눌렀다. 새벽 다섯 시. 발인제를 끝내고 영구차에 올라탔다. 화장장에 가기 전, 예정된 약속대로 잠시 마을에 들렀다. 살아생전 동네 동무들과 인사 나누던 마을 입구를 시작으로 연

산홍, 느티나무, 벚나무 사이로 산새가 노나드는 오솔길을 지나 당신 손으로 쌓아 올린 빠알간 황토집으로 들어갔다. 그의 땀과 열정이 빚은 황토벽을 쓰다듬으며 눈물을 삼켰다.

집안만 돌아보고 가기에는 떠날 당신께 송구스러워 영정사진을 들고 마당 구석구석까지 돌았다.

"매화꽃은 누랑 보노, 봄날은 누랑 맞노, 아저씨야, 이리 꾸며 놓고 아까워서 우찌 가노. 자기 가더라도 노후 걱정 없이 살라고 아픈 몸 이끌고 밭에 나가 국화 모종 심던 사람아, 효소 담그던 사람아. 가는 날까지 내 걱정만 하던 사람아…. 지금 생각해보면 내가 자기한테 사랑받을 줄만 알았지, 사랑줄 줄은 몰랐어. 사랑한다는 말에도 사랑한다고 답할 줄 모르던 여자가 뭐 좋다고 아낌없이 사랑 주던 아저씨야…. 마지막까지 짜증만 내서 미안해. 자기야 사랑해."

"엄마, 아빠가 엄마 많이 사랑해줬제? 표현해줬제? 둘이 많이 사랑했제?"

"웅…. 너네 아빠가 엄마를 얼마나 사랑해줬는데. 41년 49일간 한결같았다. 그 뜨거운 사랑 받으며 행복하게 잘 살았다, 엄마는…."

2017년 2월 22일

　당신 손길이 남은 집과 마당을 지나 화장장으로 가는 영구차에 올라탔다. 나아가는 거리에는 세찬 비가 쏟아졌다.

　"비 내리는 걸 그토록 싫어하는 사람이… 우리 두고 가는 게 슬퍼서 눈물 흘리는갑다."

　차창은 비 범벅, 눈가에는 눈물이 얼룩져 앞이 흐릿했다. 옆에 있는 엄마를 위해서라도 슬픔을 삼켜야 했다. 하지만 그러지 못했다. 다신 돌아올 수 없는 길을 떠난 당신 생각에 닭똥 같은 눈물이 멈추지 않았다. 시내 외곽에서도 한참 구석진 곳에 자리한 화장장은 끔찍할 정도로 을씨년스러웠다. 무거운 적막함이 내려앉은 화장장 입구를 향해 영구차와 친지들을 태운 버스, 그리고 나머지 일가친척들의 차량이 줄줄이 사탕으로 움직였다. 영구차가 멈추자 누군가의 손길에 이끌려 화장장 본관으로 이동해 화장장 이용 서류에 서명했다. 어안이 벙벙한 표정으로 바깥으로 나오자 동네 아저씨들께서 영구차에 실려 있던 관을 내려 화장장으로 옮기기 시작했다. 꽃단장을 한 관이 뜨거운 가마에 멈춰서자 또다시 이별을 실감했다. 머릿속이 새하얘졌다.

'아빠, 안 돼. 가면 안 돼….'

필사적으로 매달리는 내 손길을 뿌리치듯 관은 순식간에 불 속으로 끌려 들어갔다. 관을 불구덩이 속으로 밀어 넣는 화장장 직원 아저씨의 얼굴이 흡사 도깨비 같았다. 원망스러운 마음에 좀 더 세차게 몸을 내던졌지만 역부족이었다.

잠깐 사이에 관이 사라졌다. 엄마는 바닥에 몸을 구르며 대성통곡했고 일가친척들도 소리 내어 울었다. 이성을 잃고 가마 속으로 들어가려는 나를 완이가 꼭 붙잡았다. 마지막을 지켜드리지 못했다는 죄책감, 평생 가슴 곳곳에 못 박은 것도 모자라 관짝에도 사정없이 못 박아야 했던 쓰라림, 아버지가 불 속에서 타들어 가는 이 순간에 할 수 있는 게 아무것도 없다는 무기력함으로 정신을 놓았다. 얼마나 지났을까? 정신을 차리자 파르르 눈이 떨렸다. 온갖 감정이 핏줄을 타고 온몸을 자극했다. 금단 증세를 보이는 사람처럼 가슴이 벌렁거렸다. 불안한 마음에 완이의 손을 잡았다.

그때, 이제 다 끝났으니 오라는 직원의 말에 화장장으로 향했다. 그곳에는 앙상한 뼈만 남은 아빠의 모습이 보였다.

"아이고 너네 아빠가 저거밖에 안 되더나. 자기야, 자기가 이리 작았나. 얼마나 뜨거웠노, 얼마나 고통스러웠어 자기야. 탄호야 엄마는 못 보겠다. 눈물 나서 못 보겠다."

이후 아빠의 유골은 분골이 되어 뜨거운 가루로 내 품에 돌아왔다. 종이 속에 담긴 아빠를 안은 채 끊임없이 흐느꼈다.

'아빠…. 이제 집에 가자. 우리 집에 가자.'

2017년 2월 26일

탄호야, 내가 예전에 군 제대하고 꽤 긴 시간 아버지 따라 감 따러 다녔던 거 기억하제. 그 덕분에 아버지랑 내 사이에는 진한 동지 의식 같은 게 있었다. 친아버지는 아니지만, 그 누구보다 각별했던 너네 아버지가, 우리 아저씨가 너무 보고 싶다.

그런데 처음에는 내도 아저씨를 완전히 받아들이기 힘들었다. 당시 아저씨가 매일 새벽 내랑 할머니들 태워서 창원의 한 감나무 농장까지 운전해 가셨거든. 아침저녁으로 사람 태워 다니는 것도 고된 일인데. 현장에 도착하면 소보다도 열심히 일하시더라.

처음에는 '이렇게까지 해야 하나? 아저씨가 저
리 열심히 일하는데 내가 농땡이를 치면 안 된
다 아이가.'하는 생각에 원망도 많이 했다. 거기
다 일하던 현장 환경도 나빴다. 그때 감 따러 오
던 팀이 우리 팀과 부산 팀, 이렇게 두 팀이었는
데 농장 주인이라는 작자가 비교적 젊은 사람들
이 많은 부산 팀에는 참을 주고 우리한테는 참을
안 주는 거야.

거기에 성질머리는 어찌나 고약한지. 어르신들
께 반말은 기본이고 욕설까지 내뱉네? 마음 같아
서는 어른이고 뭐고 확 뒤집어엎고 싶은데 그러
면 아저씨 얼굴에 먹칠하는 격이니 꾹꾹 참았지.
아저씨도 가만히 계신데 내가 그러면 안 되잖아.
그런데 어느 날, 도시락을 꺼내 먹는데 아저씨가
낼 보면서 대뜸 한마디 하시더라….

"엽아. 니는 내가 답답하제? 맨날 소처럼 일만
하고. 절마가 싹수없게 굴어도 아무 말 안 하고
있어서. 내가 대충 요령 부려가면서 일해야 니도

덜 힘들 건데, 내 땜에 니까지 고생하니 니 속도 속이 아일 끼다.

근데 엽아 내가 절마 저거 못 밟아서 가만히 있는 게 아이다. 마음 같아서는 진작에 밟아버렸지. 한데 사람이라는 게 마음에 안 드는 놈이라 해서 때리고 욕하면 안 되잖아. 그러면 저 사람이랑 똑같은 인간이 되는 기라. 그리고 내가 내 성질을 못 이기고 뒤집어엎어버리면 가족은 누가 먹여 살리노. 지금 내가 이 일을 그만두면 탄호 학교는 어찌 보낼 꺼고.

엽아. 그러니까 절마가 너무 얄밉고 증오스러워도, 저 미운 인간의 돈을 받고 일할 수밖에 없는 상황에서는 우리에게 주어진 일을 다 해내는 게 최선이다. 그래야 나중에 무슨 일이 생겨도 당당히 제 목소리를 낼 수 있는 기라. 엽아. 힘들어도 내 믿고 몇 주만 기다려봐라. 지금이야 절마가 니나 내, 할머니들한테 막 대하고 부산 팀한테만 꼬리 살랑살랑 흔들어대지만 몇 주만 지나면 태도가 바뀌어 있을 기다. 저 사람이 나한테 어찌 행동할지 잘 지켜봐라."

그날 이후로 아저씨는 지금까지 그래왔듯이 묵묵히 자기 일만 하더라. 황소처럼 앞만 바라보고 그 무거운 박스를 착착 옮기더라. 20대인 나도 감나무 6상자를 들면 힘든데 육십이 넘은 아저씨는 힘든 내색도 없이 슉슉 하고 옮기더라. 난 그때 아저씨가 철인인 줄 알았다. 육십 넘은 분이 저래도 되나 싶을 정도로 박스를 든 아저씨의 뒷모습이 커 보였다.

그리고 얼마 후, 여느 때처럼 감 박스를 옮기던 중이었다. 어쩌다가 아저씨와 동선이 겹쳐서 뒤를 따라가게 된 거야. 근데 아저씨는 내가 따라오는 줄 몰랐나 봐. 아무도 없다 생각했는지 헉헉하는 거친 숨소리와 함께 박스를 내려놓으며 '아이고 아이고⋯.'하는 신음을 내뱉으시더라. 그 이후로 한참을 못 일어나신 채 끙끙거리시더라. 그 소리를 듣는데 순간 숨이 턱하고 막히데⋯.

지금껏 살면서 너네 아버지는 완벽한 철인이라 생각했거든. 근데 그 모습을 발견하고 나니 항상 커 보이기만 하던 아버지 뒷모습이 한없이 초라하게 보이기 시작하더라. 아버지도 사람이구나. 힘들면서도 이 악물고 부딪치고 계셨구나. 탄호 먹여 살릴라고, 학교 보낼라고. 하는 생각에 눈물이 나올라 카는걸 억지로 참았다. 행여나 내가 뒤에 있었다는 걸 알면 아저씨 자존심에 얼마나 속상하긋노…. 그래서 나무 뒤에 숨어 입을 틀어막은 채 한참을 바라보기만 했다. 사실 이때까지도 아저씨를 완전히 이해하지 못했거든. 내 일도 아닌데 시작부터 마무리까지 철저히 하는 게. 대충대충 하면 될 건데 뭔 영광을 바라고 저러시는지 밉기도 하고…. 아저씨가 이런다고 저 사장 놈이 바뀌는 게 아니라고 마음속으로 얼마나 원망했는지 모른다. 그런데 그 부지런함이 누굴 위한 것도 아니고 탄호 니를 위한 거라는 걸. 자기가 열심히 함으로써 내랑 할머니들을 지켜주려 했다는 걸 깨달은 후로부터 마음 속에 있던 원망이 눈 녹듯 사라지더라.

그날 일이 있고 2주 정도 지났을까? 아저씨 일 하는 걸 지켜보던 사장 태도가 바뀌더라. 절대 안 줄 것 같던 참도 착착 챙겨주고, 예전 같았음 눈에 불을 켜고 마무리 작업까지 확인했을 텐데 이제는 '사장님이 알아서 하소.'하고 아저씨께 모든 일을 다 맡기더라.

심지어 그 인간이 입원했을 때 농장 감독을 아저씨께 일임하더라고. 약자에게는 절대 고개 안 숙일 것 같던 그 모가지 빳빳한 인간이 양손을 삭삭거리면서 고갤 숙이데… 와…. 그렇게 아저씨의 성실함 덕분에 내도 할머니들도 일하는 게 수월해졌고, 그 과정을 지켜보면서 아저씨라는 사람을 내 아버지만큼 소중히 받아들이기 시작했다. 아저씨가 하자는 일이라면 어떤 일이라도 의문을 품지 않고 믿고 따랐다. 어떠한 불공정한 상황이라도 내 사람은 꼭 지켜주는 분이라는걸 알았거든. 그렇기 때문에 아저씨는 니뿐만아니라 내한테도 소중한 아버지였다.

참 탄호야. 감나무 농장에서의 일이 다 끝나갈 무렵 아저씨가 내한테 문득 이런 이야길 꺼내더라.

"엽아···. 너나 할 거 없이 공평하다면 얼마나 좋겠냐마는 이 세상은 소수의 갑이 다수의 을을 짓누르고 있제. 근데 이 을이라는 존재는 처자식 때문에···. 혹은 내일 당장의 살림 걱정에 제 목소리 내기 힘들지. 내 성질에 버럭 할 수 없는기 을의 팔잔기라···. 특히 내 같이 나이 많고 힘도 없는 사람들은, 동지를 모아 파업할 처지도 안 되는 사람들은 아무리 더럽고 치사해도 처자식만 떠올리며 묵묵히 일하는 수밖에 없다."

오늘따라 그때 아저씨의 모습이, 늘 환한 미소로 내 손 꼭 잡아주시던 그 손길이 그립네. 니는 이 이야기 몰랐을 텐데, 네가 생각하던 것 이상으로 너네 아버지가 좋은 분이었다는 걸 위대한 분이셨다는 걸 말해주고 싶었다. 내가 신혼여행 떠난 사이에 그리 떠나신 바람에 내를 친아들로 생각하고 아껴주시던 아저씨 마지막을 못 지켜드려 내 마음이 찢어질 거 같다.

탄호야···. 아버지 참 보고 싶다 그자.

- 2017년 2월 엽이 형으로부터

2005년 12월

울었다. 까칠한 눈시울로 마음이 다 무너지도록
울었다. 이상 더 기울 수 없는 넝마 같은 몸. 약으
로 32년을 지탱해온, 녹슬고 다 찌그러진 자전거
보다 더한 천덕꾸러기 같은 몸.

오늘은 작업 중 포크레인을 들이받아 머리가 터졌다. 건설 소장은 일 그만하고 병원에 가라고 했다. 많이 찢어져서 기워야겠다고 했지만, 아무렇지 않다며 태연한 척 했다. 행여나 내일부터 그만두랄까 봐, 밥줄 끊어질까 두려웠기 때문이다.

2017년 4월 24일

"영화 니 내가 어디다 비상금 숨겨 놨는지 모르제. 니는 상상도 못 할 곳에다 숨겨놨다. 알려줄 테니까 잘 기억해 놓고 난주 필요할 때 꺼내써라."

"안 한다, 아저씨야. 자기 돈을 왜 내가 쓰노. 나는 안 들을 거니까, 나중에 퇴원하고 나서 자기가 써라."

비상금 숨겨둔 곳을 알려주겠다는 아버지와 싫다는 엄마. 지난해부터 시작된 둘의 실랑이. 틈을 노린 아버지가 비상금의 '비'자라도 꺼냄 즉 하면 엄마는 귀를 막았다. 그럴 때면 으레 시선이 나로 향했으나 나 또한 두 귀를 틀어막았다. 그러던 어느 날….

"영화야, 무작정 듣기 싫다 하지 말고 내 말 좀 들어봐라. 니는 이미 사형 선고를 받은 몸이다. 내일 눈을 감을지, 몇 분 후에 획 하고 떠날지 아무도 모른다. 그러니까 니가 알아 둬야 한다. 난 주 우예 살래. 내가 떠나면 필시 돈 들어갈 일이 생길 텐데, 그니까 그때…. 니 필요할 때 꺼내 써라."

당신의 긴 설득 끝에 엄마는 백기를 들었고 집 안 곳곳에 숨겨둔 비상금 위치를 전달받았다.

그리고 몇 개월 후, 아버지를 떠나 내고 흘릴 눈물조차 말라 갈 무렵 우리 모자는 당신과의 숨바꼭질을 시작했다. 코흘리개 시절부터 집안 곳곳에 돈을 숨겨뒀다가 필요할 때마다 꺼내 쓰던 당신의 능력은 범인의 머리로는 생각할 수 없을 정도로 기발했다.

그래서일까? 그가 알려준 곳에서 돈 봉투가 나올 때마다 소풍 보물찾기에서 1등이라도 한 것처럼 신나게 웃음보를 터뜨렸다. 특히 낡은 반야심경 액자 뒤편에 스티로폼을 넣어 돈 들어갈 정도의 구멍을 파 돈을 넣고, 구멍이 파였다는 것을 알 수 없을 정도로 정교하게 스티로폼을 끼워 넣어 구멍을 막은 후, 그 위로 내 백일 사진을 붙여 놓은 걸 발견했을 때는 배를 붙잡고 웃었다.

"안 그래도 몇 년 전에 니 백일 사진이 없어져서 아이고 내 정신아. 니 새끼 백일 사진까지 잃어버리고 엄마가 돼가 와 이리 멍청하노. 하고 가슴을 쳤는데, 이 아저씨가 여기다 숨겨놨네…."

그렇게 두 시간 남짓…. 모처럼 환한 웃음 지어가며 진행된 우리의 숨바꼭질. 그러나 그가 남긴 마지막 봉투를 발견한 후 웃음이 멈췄다. 꼬깃꼬깃 그의 손길이 남은 지폐 다발을 바라보며 지난 세월, 먹고 싶은 것 못 먹고 사고 싶은 것 안 사던 당신이…. 가는 날까지 가족 생각에 잠 못 이루며 돈 숨겼을 그 모습이 떠올라 서로를 껴안고 한참을 울었다.

'영화야. 내 없으면 니 혼자 이 집에서 우예 살
래. 탄호도 없는데…. 난주 내 가고 나면 방범창
이랑 CC카메라, 경보기, 그 밖에 필요한 것들 설
치해야지….'

49재

2017년 5월 4일

사람이 죽으면 49일간 영혼으로 머물며 다음 생을 받기 위한 심판을 받는데 이를 49재라 부른다. 세상을 떠난 이의 행복한 다음 생을 기원하는 이 의식. 엄마는 한평생 고생만 하다 떠난 아버지를 위해 49재를 지내겠다고 했다.

'우리 형편에 49재가 가당키나 하나, 아버지는 49재를 원하지 않았을 거다.'라는 생각에 썩 내키진 않았지만, 엄마가 그토록 간절히 원하니 군말 없이 따르기로 했다.

이윽고 49재가 끝나던 날, 엽이 형은 닭똥 같은 눈물을 쏟았다. 그 뒤를 따르던 엄마, 이모,

고모 그 밖의 수많은 친지들과 지인들도 소리 내어 울었다. 반면 나는 울지 않았다. 눈시울이 울그락 불그락 거리지도 않았다.

하지만 그날 이후, 깊은 무기력함에 빠졌다. 생각하는 것도 귀찮아졌다. 머릴 굴려 봐야 좋은 생각은 안 날 테니 잡생각이 길어질 것 같으면 잠을 청했고, 깊은 밤 잠 못 이룰 때는 바깥에 나가 숨이 터질 때까지 달렸다. 그렇게 보름가량, 산송장처럼 살았다.

49재가 끝난 지 3주째 되던 날, 꿈속에 아버지가 나타났다. 당신은 아무 말 없이 나를 지긋이 지켜봤다. 우리는 꽤 오랜 시간 대화 없이 서로를 응시하며 밤을 지새웠다.

해가 뜨고, 세상이 환해지자 한 달 가까이 꾹꾹 눌렀던 울음이 터졌다. 비로소 아버지의 죽음이 현실로 다가왔기 때문이다.

2017년 5월 30일

　31번째 생일이자 당신을 떠나보낸 지 100일째 되는 날이었다. 생일이라 해서 별 건 없고 평소처럼 지냈다. 아침 일찍 엄마에게 전화 걸어 안부를 물었고, 생일 축하한다며 메시지 보내온 친구들과 이야기를 나눴다. 이후 간단히 식사를 끝내고 빨래와 집 정리, 요리까지 여느 때보다 평범한 하루에 심취했다.

　그런데 이런 내 모습이 지인들 눈에는 씩씩하게 잘 이겨내는 것처럼 보이는 모양이다. 보기 좋다는 사람도 있고, 잘하고 있으니 얼른 털고 일어나라는 이도 있다.

'나 그리 안 괜찮은데… 매일 우는데.'

거리에서 아버지 뒷모습과 흡사한 사람을 보면 그게 당신이 아님을 알면서도 쫓아가고, 하루에도 몇 번씩 오열하는데 말을 안 하니 괜찮아 보였나 보다.

얼마 전에도 마트에서 장을 보다 고사리손으로 아빠 옷깃을 붙잡고 종종걸음 옮기는 꼬마 뒷모습을 보고 눈물이 쏟아지면서 근처 강가에서 2시간 넘게 대성통곡했다.

그러다 정신을 차리고 뚝방을 벗어나려는 찰나 살아생전 당신께 무심코 던진 한 마디 두 마디가, 생전에 잘해드리지 못한 데서 오는 후회가 비수로 돌아왔다.

'난 결혼 안 할 거야. 그러니 손주는 기대도 하지 마.'

'난 아버지처럼 안 살 거야. 나만 생각하면서 살 거야.'

'짜증 좀 덜 내고 자주 전화드릴걸.'

'아빠가 하는 말은 전부 메모해 둘걸. 기록으

로 남길걸.'

'아빠랑 같이 사진 한 장이라도 찍어둘걸….'

큰 욕심이라는 거 아는데, 1분이라도 좋으니
아버지 목소리 한 번 듣고 싶다. 따스한 손길 한
번 느껴보고 싶다. 하지만 이룰 수 없는 꿈인 걸
아니까 오늘 밤 꿈에서나마 만나고 싶다.

사랑한다고, 고맙다고, 보고 싶다고, 엄마 잘
지켜주겠다고 속삭여주고 싶다.

폐차장 가는 길

2017년 6월 11일

허름한 구멍가게와 낡은 버스 정류장, 휑한 폐
교만 남은 조그만 마을에서 20년을 살았다. 함께
뛰어놀 동무라고는 새침한 요크셔테리어와 순둥
이 진돗개가 전부인 가운데, 시내라도 나가려면
차를 타고 30분을 이동해야 했다.

그런 탓에 유치원 입학부터 고등학교를 졸업
하던 날까지 등굣길은 항상 아버지와 함께였다.
아침잠이 많은 아이에게 남들보다 일찍 일어나
학교 갈 준비를 하는 것은 그리 쉬운 일이 아니
었다. 잠투정을 부리는 일상이 이어졌다. 그럼에
도 막상 차에 오르면 언제 그랬냐는 듯 신나게

떠들기 시작했다. 구슬치기와 팽이 돌리기, 미니카 경주 등 어린이 신분으로 누릴 수 있는 그 어떤 놀이도 당신과 함께하는 등굣길만큼 즐겁지 않았다. 목청 큰 아해가 아침부터 '다다다'하고 질문을 쏟아부으면 정신 사나워서라도 '고마해라!'하고 입을 막을 텐데, 온갖 쓰잘데기 없는 질문에도 진지하게 답해주던 당신과 함께한 아침. 그러다 오일장이나 시장 나가시는 어르신들을 태워 나가는 날이면 모든 이들의 우호적인 시선에 힘을 얻어 한층 목소리를 높였고, 그렇게 낡은 12인승 그레이스에서는 한바탕 잔치가 벌어졌다.

그러나 쿵짝쿵짝 장단을 치며 잘 놀던 아이는 학교 근처만 가면 입을 닫았다. 죄지은 사람처럼 고개를 숙이질 않나 신발끈도 못 묶는 주제에 신발 끈을 다듬질 않나…. 이해할 수 없는 짓을 반복했다. 같은 학교 다니던 미운 놈으로부터 '낡은 봉고차 타고 다니는 걸뱅이 새끼'라 놀림당한 이후로 동무들에게 차 탄 모습을 들키고 싶지 않았기 때문이다.

그 결과 '선생님이 학교 앞에서 내리지 말래!'
라는 턱도 없는 거짓말로 학교와 한참 떨어진 곳
에서 내려 걸어간 일도 있었다. 그러던 어느 날,
희소식이 들려왔다. 아빠가 차를 바꿀 거란다.

"아빠 무슨 차 살 거야? 갤로퍼 살 거지? 아
싸! 우리 차 이제 갤로퍼다."

아빠의 대답은 듣지도 않은 채 온갖 상상의 나
래를 펼쳤다. 것도 모자라

"우리 아빠 새 차 사지롱! 갤로퍼 산다!"

라며 온 동네방네 떠들고 다녔다. 그리고 2개
월 후 울산에서 새 차가 도착했다. 갤로퍼가 와
있을 거라는 믿음과 달리 눈앞에 놓인 건 15인
승짜리 그레이스. 믿을 수 없다는 얼굴로 아빠를
바라봤다.

"아빠, 갤로퍼 산 댔으면서 왜 그레이스가 온
거야? 이거 우리 차 아니지?"

연신 대답을 재촉하는 나를 향해 아빠는 미안
한 표정을 지었다. 그런데 사실 생각해보면 아빠
입에서 갤로퍼를 구입하겠다는 말이 나온 적은

없었다. 혼자 북치고 장구친 나의 희망고문일 뿐
이었다. 사실 '무슨 차'를 사겠다 확답을 받지 못
한 상황에서 어떤 결과를 맞이할지는 이미 알고
있었다. 단지 그 상황을 인정하고 싶지 않아 '희
망'을 내뱉었을 뿐…. 그렇기 때문에 속상한 마
음이 배로 커진 것이다.

이런 상황에서는 뭐라도 트집을 잡고 마음속
에 싹튼 분노를 정당화해야만 했다. 결국 애꿎은
아빠를 타깃으로 삼은 채 '아빠는 거짓말쟁이'라
는 말을 반복하며 일주일을 틱틱거렸다. 쪼끄만
게 얼마나 못 돼 처먹었는지,

"다음번에는 아빠가 돈 많이 벌어서 갤로퍼 살
게…."

라는 약속을 받아내고 나서야 화를 풀었다. 하
지만 이듬해 2월 이번에도 기대는 빗나갔다. 갤
로퍼는 무슨…. 1톤짜리 포터다. 딴 차도 아니고
트럭이라니. 눈앞이 깜깜해졌다. 다른 아빠들은
길고 세련된 승용차를 타고 다니는데 어째서 우
리 아빠는 볼품없는 봉고차와 트럭일까. 생계용
차량이라는 말을 이해하기엔 너무 어렸고 철이

없었다. 이후로 중학교를 졸업하던 날까지 학교 근처만 갔다 하면 고개를 숙이는 일상이 계속되었다. 말은 안 했지만. 아빠도 알고 계셨을 것이다. 이 철없는 자식이 당신 차들을 부끄러워하고 있다는 것을…. 그러나 확실한 점 하나는 지난 20년 이 두 대의 차량이 우리 가족의 생계와 더불어 내 학업을 책임졌다는 것이다. 그래서 미운 한편으로 묵묵하게 목적지까지 바래다주던 녀석들에 대한 고마움도 컸다. 하루에도 몇 번씩 애증이 교차했다. 그 사이 킬로 수 계기판이 멈춰 버린 녀석들은 서서히 녹슬어 가기 시작했다. 잔고장과 함께 내 잔소리도 늘어났다.

"아빠, 우리도 이제 차 좀 바꾸자! 이리 낡은 걸 우예 타고 다니노! 아빠가 걱정돼서 그런다. 사고라도 나면 우짤라고."

그러거나 말거나 아버지는 요지부동이었지만.

"아직 멀쩡한데 탈 때까지 타야지…. 사람이 형편에 맞게 살아야지 좀 낡았다고 휙휙 바꿔대면 뱁새 다리 찢어진다. 그리고 나는 야들이 좋다. 동네 사람들도 딴 차는 몰라도 우리 차는 다 좋아한다. 옛날부터 자기들 태워주는 고마운 차라고….

그런 대답들로 녀석들을 감싸기에 바빴다. 당신의 일관된 반응에 나는 신데렐라를 쫓아내려는 새엄마가 된 듯한 기분이 들어 죄책감에 시달려야 했다.

'누가 싫어서 폐차 하자더나…. 낡았으니까 안전을 위해 새 차로 바꾸자는 거지….'

그러던 어느 날, 20년을 함께 한 봉고차가 집 근처 국도에서 영원히 잠드는 일이 발생했다. 그날 밤, 아버지는

"그기 우리 탄호 고등학교까지 졸업시켜주고 우리 세 가족 먹여 살린 고마운 안데 그리 멈춰 버렸네…."

하며 속상함을 토로했다. 엄마도 마음이 아팠는지 한숨만 내쉬었다. 또한 오일장, 시내 가는 길 등 우리 차를 안 타본 사람이 없었기에 긴 세월을 함께 나눈 동네 어르신들 또한

"아이고 그 차에 우리 마을 20년 대소사가 살

아 숨 쉬는데 그 고마운 기 그리 떠났단 말이
가⋯."

하시며 아쉬움을 토로했다고 한다. 매일 같이
마을을 오가던 게 하루아침에 사라지니 씁쓸함
을 감추지 못하던 어르신들도 계셨다. 20년 내
내 딴 차 좀 사자고 투정 부리기는 했지만⋯. 그
래도 지난 시간을 함께 한 녀석을 떠나보내는 나
또한 맘이 불편한 건 매한가지⋯. 이제서야 하는
말이지만 봉고차가 생을 다한 날.

잠시 일이 생겨 시내를 나가는데 수명을 다한
채 공터에 세워진 녀석을 발견하고 꽤 많은 눈물
을 쏟았다. 말은 안 했지만 어느 순간부터 많이
아끼고 좋아했었는데, 부끄러운 게 아니라 자랑
스러워했었는데. 한편 봉고차를 폐차했으니 이
제 남은 건 트럭 한 대. 그러나 이 또한 노후화로
인해 장거리 이동은 불가능했다. 그리하여 우리
가족은 20년 만에 새 차를 구입했고, 아버지는
방학을 맞아 잠시 한국에 들어오는 나를 위해 새
차로 공항까지 나와주셨다.

그리고 얼마 후 일본으로 돌아가던 날 '아빠가

늘 낡고 더러운 차로 니를 학교까지 바래다줘서 미안했다.'라는 말과 함께 공항까지 데려다주셨다. 학교 근처만 가면 고개를 푹푹 숙이던 이유를 알고 계셨던 것이다. 그렇게 서로를 향한 미안함을 주고받으며 공항까지 가던 그날이 아빠와 함께한 마지막 드라이브가 될 줄은, 미처 몰랐다.

그리고 지난가을…. 아빠가 쓰러지면서 운전은 내 몫이 되었다. 그사이 주인 잃은 트럭엔 먼지만 쌓여갔다. 게다가 어디가 고장 났는지 말도 잘 안 들었다. 특히 액셀이 말썽이었다. '네 놈에게 날 맡기고 싶지 않다.'는 식으로 저항하는 것만 같았다. 꾸욱 하고 힘을 줄 때마다 헛바퀴만 도니 답답할 지경이었다.

"엄마. 트럭 저거 인자 안 된다. 어쩌지….”
"왜? 잘 안 되드나? 이상하다. 너네 아빠가 할 때는 괜찮았는데….”
"안 되더라. 혹시나 싶어 아빠한테도 물어봤는데 액셀도 브레이크도 잘 안 되대. 개 길들일 수 있는 건 자기밖에 없다고 타지 말라카드라."

　그렇게 녀석은 마당 구석에 처박혀 주인을 기다리는 신세로 전락했지만, 아빠는 영원히 돌아오지 못했다. 결국 주인을 잃은 데다 굴러가지도 않는 차를 둬 봐야 보험료밖에 더 내겠나…. 아쉽지만 이제는 보내줘야겠다는 쪽으로 결론을 내렸다. 그리고 폐차 당일….

　'내 사후에 돈 필요할 일이 생길 테니 필요할 때 꺼내 쓰라'하시며 넣어둔 당신의 비상금 몇 푼과 유통기한 지난 과자 몇 개….

　지난 20년을 기록한 메모장 두 권을 남긴 채 녀석은 집을 나섰다. 몇달 간 세차는커녕 차 문도 열어주지 않던 사람들이 야속할 법도 할 텐데 의외로 담담히 받아들였다. 운전석에 올라 힘겹게 시동을 켜고 액셀을 밟으니 그간의 행보와 달리 순순히 앞으로 미끄러져 나갔다. 주인을 잃은 후 달릴 의욕을 상실한 놈이 최후의 운행에 도전한 것이다.

　그러나 떠나는 뒷모습을 지켜보던 엄마 눈에

는 주인 잃은 소가 모든 걸 내려놓은 후 도축장
에 끌려가는 것처럼 보였단다. 그래서 차 뒤꽁무
니가 사라진 후에도 한참을 손을 흔들었다고 한
다.

 '자기야 미안해…. 이제 우리 포터도 자기 곁
에 보내주기로 했어. 내 갈 때까지 둘이서 하늘
에서 기다려줘….'라는 말로 눈물을 적셨단다.
살 사람은 살아야 한다지만…. 생계라는 이유로
하나둘, 아빠와의 추억이 남은 것들을 향해 이별
을 고하며 그의 부재를 통감한다.

꿀벌의 일생

2017년 6월 30일

"아빠! 벌집 생겼다."

　아버지가 손수 만든 병아리 부화기 중 쓰지 않는 것을 옥상에 올려뒀더니 그 안에 벌집이 생겼다. 예로부터 시골에서는 벌을 영물로 여겨 집 주변에 터를 내리는 녀석들을 쫓지 않고 소중히 여겼다. 우리 가족 또한 옥상을 찾은 녀석들을 진심으로 환영했다. 그러던 어느 날, 친척의 부고를 받은 아버지가 나갈 채비를 하다 말고는 옥상에 올라가 상중이라 적은 종이를 벌통 근처에 붙였다. 그 모습에 고개를 갸우뚱거리며 '왜 그래요?'하고 물었다.

아버지 말씀하시길 예로부터 토종벌을 기르는 집에서는 직계가족이나 친척이 사망할 경우, 벌집에다 부고장을 써 부치는 관습이 있어서란다. 벌이라는 놈은 주인 혹은 그 주변 가족이 세상을 떠나면 온몸에 흰 띠를 두르며 죽음을 애도할 정도로 영물인데, 그런 녀석들에게 부고를 알리지 않았다가는 '우린 가족이 아닌가요?'하는 서운함으로 집을 떠나는 경우가 부지기수라 부고장을 내 거는 것이란다. 믿기 힘든 이야기였지만 같은 집 산답시고 근처에 가도 침 한 번 안 쏠 뿐더러 맛있는 꿀도 아낌없이 나눠주던 녀석들의 과거를 떠올려보면 그리 신빙성 없는 이야기는 아니었다.

그런 꿀벌을 두고 아버지는 사리사욕을 챙기는 사람들보다 낫다며 더도 말고 덜도 말고 꿀벌만큼만 살라 강조하셨다. 그리고 2017년 아버지가 떠난 후 부고장을 안 쓴 탓인지 몇 해째 옥상을 지키던 녀석들이 조용히 자취를 감췄다.

"탄호야. 니는 내를 닮아서 장차 사회로 나가

면 큰 상처를 받을 거다. 거짓말은커녕 입에 침 바른 소리도 못 하니 본의 아니게 적도 생길 거고 너 스스로도 이상과 현실 사이에서 갈등하는 일상이 이어질 거다.

그러니 일본 가지 말고 아빠랑 같이 벌 키우면서 안 살래? 된장이랑 간장도 만들어 팔고, 효소도 담그고. 물론 큰돈은 안 되겠지만 한 번씩 여행도 떠나고 글도 쓰면서 살 수 있으니 안 괘안켄나. 아빠랑 같이 안 할래?"

그때 그 제안을 받아들였다면, 우리의 어제와 오늘은 어떻게 바뀌었을까.

"아빠! 아빠가 왜 마을 입구를 청소하는데? 몸
도 안 좋은 사람이. 매일같이 청소해도 알아주는
사람 아무도 없다. 그만 좀 하소."

몇 해 전 겨울.
모처럼 고향집에 갔더니 마스크를 한 아버지
께서 청소 도구를 꺼내 나갈 채비를 했다. 아침
부터 어딜 나가시냐 물으니 마을 입구에 청소하
러 간단다. 기가 찬 나머지 그런 일을 왜 당신께
서 하냐 따져 묻자 그는 태연한 얼굴로 입을 뗐
다.

"탄호야. 마을 입구는 내 얼굴이다. 매일 아침

저녁으로 세수하듯 쓸고 닦아야지.

내가 하루라도 청소 안 하면 함부로 쓰레기 버리는 사람들 때문에 금세 엉망진창으로 변한다. 그러면 지나가던 남의 동네 사람들이 우리 마을 사람들 보고 욕한다. 추즙다고."

이후 노발대발하는 나를 뒤로한 채 그는 마을 입구로 내려가 곳곳에 버려진 쓰레기를 줍기 시작했다. 그런 다음 빗자루로 길가를 쓸어낸 후 쓰레기장도 깨끗이 청소했다. 엄마 말에 의하면 조혈모 이식을 받고 난 이후로 이 일을 시작했다고 하니 돌아가시던 올 초까지…. 대략 8년간 마을 입구를 쓸고 닦은 셈이다.

것도 모자라 3~4년 전부터는 사비를 들여 마을 입구 공터(마을 소유의 땅) 100m 거리에 애기 능금을 비롯해 국화, 백일홍 등 각종 꽃나무를 심었다. 그리고 올 3월. 엄마는 당신의 유지를 이어받아 지난해보다 더 많은 꽃나무를 심었다. 덕분에 올가을, 마을 입구에는 화려한 백일홍 물결이 굽이쳤다. 불법 주차 차량과 각종 쓰레기 투기로 몸살을 앓던 마을 입구가 두 분의 힘으로 세상에서 가장 아름다운 공간으로 거듭 난 것이다. 이러한 변화는 마을 주민뿐만 아니라 지역 사회에서도 큰 화제가 되었고, MBC 지방 방송에 소개되기도 했다.

그 후 두 분의 노고가 시청까지 전해져 창원 시장으로부터 모범 시민 표창패를 수여 받았다. 이후 묵직한 표창장과 은은한 향이 피어오르는 꽃다발을 든 우리는 서로의 손을 꼭 잡은 채 아 빠가 잠들어 계신 집 뒷산 가족 수목장으로 향했 다.

"자기야. 자기랑 같이 일했는데 상은 내가 받 았네. 미안해."

엄마는 아빠의 묘비를 쓰다듬으며 몇 분간 뭐 라 중얼거렸다. 멍하니 있던 나는 터지려는 눈물 샘을 누른 채 하늘만 응시했다. 그때 산골짜기로 부터 잔잔한 바람이 불어와 내 머릿결에 부딪혔 다. 바람 불면 당신인 줄 알라던…. 농담삼아 읊 조리던 아버지의 한 마디가 떠올랐다.

어릴 적. 우리 세 가족 먹고살기도 힘든데 매년 명절마다 동네 어르신들 찾아뵙고 챙겨 드리던, 제 갈 길 가기 바쁘면서 오일장이나 시내 나가는 마을 사람들만 보면 꼬박꼬박 목적지까지 바래다주던, 누구 집 뭐가 고장났다 하면 고민할 새도 없이 연장 챙겨 나가던 아버지가 늘 못마땅했었다.

그렇기에 당신 돌아가시던 해까지 아버지처럼 살지 않겠노라, 나는 나만 바라보고 살겠노라. 수십 번을 외쳤다. 하지만 당신을 떠나보낸 후 비로소 나눔으로 행복의 씨앗을 틔우려 했던 그 마음을 조금이나마 헤아릴 수 있게 된 것 같다.

2017년 11월.

더 이상 '탄호 왔나.', '탄호 밥 묵었나.', '탄호 오늘도 재미있게 잘 놀다가 왔나….' 하는 당신의 목소리를 들을 수 없지만, 여전히 마을 입구에는 따스한 당신의 손길과 뜨거운 숨결이 있음에 나는 더 이상 울지 않고 비둘기처럼 다정하게 살 줄 아는 사람이 되기로 했다.

2018년 2월 21일

아버지를 떠나보낸 지 정확히 1년째 되던 날이
기도 했고 사랑하는 홍 여사의 생신이기도 했던
날. 그래서 울지도 웃지도 못했던 날. 어제는 그
런 하루였다.

"탄호야, 니 점점 마음속에서 아빠가 잊혀 가
나 보네."

"뭐가?"

"니 집에 오고 나서 한 번도 안방에 안 들어갔
잖아. 아빠 사진 한 번도 안 들여다봤제?"

"휴대폰 메인 화면이 아빠 사진인데 뭐⋯."

"그거랑 같나? 자기야, 자기 아들내미 가슴속

에서는 이제 자기가 옅어져 가는 갑다."

모처럼 집에 왔으면서 사진 들여다보기는커녕 뒷산 가족 수목장 올라가는데도 인색한 내 행동이 엄마 마음에는 서운함으로 남았나 보다. 안방에서 당신 사진을 어루만지면서 한참 동안 내 험담을 내뱉는 눈치다.

'그런 거 아닌데….'

닭, 오리 등 날개 달린 동물을 먹으면 엄청난 알레르기 반응을 일으키는 탓에 남들은 없어서 못 먹는 통닭을 안 먹는다. 지독한 고엽제 후유증을 다스리기 위해 육식과 거리를 뒀던 아버지 또한 마찬가지였다. 그러니 통닭이라면 자다가도 벌떡 일어나는 엄마가 고생이 많았다. 그런 엄마를 위해 한 달에 한두 번씩 치킨집에 들러 닭 한 마리와 맥주 한 캔을 사 오는 건 아버지의 일상이자 작은 낙이었다.

"느그 엄마 닭만 보면 이리 좋아해서 우짜노."
라고 하면서도 맛있게 먹는 모습에 미소 감추지 못하던, 그러니 매번 보람찬 마음으로 통닭 사오던 당신이 부재한 지금 이 순간, 이제 내가 바통을 이어받아 통닭 당번이 되어야 하는데 그러질 못한다.

'나는 전형적인 고문관 스타일이니 3년 안에 권고사직 받고 한국에 들어올 거야.'라고 말은 하지만 사람 일은 어찌 될지 모르니 '이번에 돌아가고 나면 언제 다시 한국에 나올 수 있을까?…. 그러면 우리 엄마 통닭은 누가 사주나.'하는 생각에 눈물이 고인다.

아빠 눈에 엄마는 한결같은 21살 아가씨였나 보다. 그래서 당신 떠나던 날까지 '영화 니 내 없으면 우예 살래.'라 입버릇처럼 걱정을 내뱉었다. 눈 감던 순간까지 엄마 걱정에 눈물을 주르륵 흘리며, 귀가 닫히던 순간까지 체온을 떨어뜨리지 못했다. 그러나 엄마는 그리 약한 사람이 아니었다.

밥은커녕 연탄불도 못 갈던, 그래서 5년 넘게 남편에게 집안 살림 전가하던 아가씨는 긴 세월을 돌고 돌아 당신 못지않은 슈퍼 히어로가 되어 있었다. 집안 살림은 말할 것도 없고 이장 일도 척척 잘 해내서 1년 새 표창장도 두 개나 받았다. 힘든 상황 속에서도 자비로 동네 어르신들 목욕을 시켜드릴 만큼 마음 씀씀이에 여유가 생겼다. 그럼에도 세찬 비바람 몰아치거나 우르르 쾅쾅 천둥 번개라도 내려치는 날에는 언제 그랬냐는 듯 당신 사진을 붙잡은 채 '자기야 아무 일 없게 해주라.'하고 소원 비는 21살 여린 아가씨로 돌아간다. 퇴근길에 고구마 사 들고 집에 돌아오던 당신만을 목 빠지게 기다리는 '새댁이'로 돌아간다.

그런 엄마를 두고 일본으로 돌아가야 하는 내 마음은, 당신 하나도 모자라 아들의 부재까지 짊어져야 할 엄마를 바라보는 심정은 말로 잘 설명이 안 된다….

내 꿈에는 안 나와도 괜찮으니까, 엄마 힘들고 외로울 때 내 꿈에 나올 것까지 더해서 엄마 꿈에 나와서 엄마 한 번 어루만져 주라. 아버지요.

2018년 7월 5일

　신던 구두가 낡아 떨어진 바람에 구두 전문점에 들렀다. 적당히 저렴하고 괜찮은 걸로 하나 사야겠다며 이리저리 시선을 돌리던 그때 점원으로 보이는 할아버지가 다가왔다.

　"천천히 둘러보시고 마음에 드시는 것 있으면 불러주세요."

　어눌한 말투에 인자한 미소를 섞어 말을 건네는 할아버지. 누가 봐도 거동이 부자연스러워 보였다. 하지만 고객을 향한 태도는 여태껏 만난 그 어떤 종업원보다 친절하고 정중했으며 세심했다. 또한 여전히 구두가 낯선 사회 초년생을

위해 하나하나 챙겨주시는 아량은 바다와 같았
다. 노년의 품격이 이런 거구나. 손주에게 구두
골라주듯 상냥하게 잘 알려주시는구나…. 어쩐
지 살짝 뭉클해졌다.

　그런데 계산대에서 조금 불쾌한 일을 겪었다.
할아버지께서 내 신용카드로 계산을 한 다음 포
인트를 적립하려 하는데, 기계가 손에 익지 않은
탓인지 적립이 잘 안 된 모양이다. 포인트 그거
얼마나 된다고. 굳이 안해도 괜찮은데 미안하다
며 꼭 적립해주겠다는 할아버지의 간절한 손길
에 차마 괜찮다는 말을 못 꺼냈다. 그러나 노령
의 당신께 기계는 만만치 않았다. 계속되는 실수
에 얼굴이 빨개진 할아버지는 연신 고개를 숙이
더니 잠시만 기다려 달라는 한 마디를 끝으로 주
변에 있는 직원들에게 도움을 요청했다.

　그런데 당신을 바라보는 그들의 행동이 아니
꼬웠다. 아무리 할아버지께서 몸이 불편하고 말
투가 어눌하실지언정 본인들보다 훨씬 연배가
높은데, 반말 섞인 명령조도 모자라 이것도 못
하냐는 비아냥거림.

손님 앞에서도 이러는데 보는 눈이 없는 데서
는 얼마나 깔보고 멸시할지 눈에 선했다. 괜히
내가 분해서 눈시울이 붉어졌다.

아버지 살아 계실 적…. 문득 세상과 소통하고
싶다며 컴퓨터 사용법을 알려 달라 하셨다. 헌데
똑같은 걸 10번 이상 반복해서 알려줘도 제자리
걸음이었다. 그러다 보니 은연중에 짜증이 묻어
나온 모양이다. 이를 듣던 아버지가 내게 한 마
디 건넸다.

"예나 지금이나 배우고 싶은 마음은 한결같은
데, 영원할 것 같은 영리함은 이리 치이고 저리
치여 닳고 닳아 없어졌네. 아빠는 항상 네게 멋
진 모습만 보여주고 싶은데 이제는 따라가질 못
하네. 우짜겠노. 니가 이해해주라."

이제는 정말 짜증 안 내고 잘 가르쳐 드릴 수
있는데, 더 이상 당신은 내 곁에 안 계신다. 그래
서 길가에서 만나는 아버지 연배의 할아버지들
을 보면 괜히 눈시울이 붉어지고, 가슴 한 켠이
시리다….

그런 내 앞에서 할아버지께 막 대하는 점원들을 보니 오래전 내 학비를 벌기 위해 감나무 농장에 감 따러 다니고 제방 쌓으러 다니던 아버지 또한 새파랗게 젊은것들에게 적잖게 당했겠구나…. 하는 생각이 들어 가슴이 무너져 내렸다.

작성 시기 불명

배우라 .

아들아 넌 내 스승이다.

그러하듯 너 역시 상하구분 말고 배우라.

아버지의 일기

작성 시기 불명

나쁜 것은 눈여겨 보지 말라.

마음에 씨가 된다.

많이 간직한 씨는 뿌리기 십상이다.

출근 도중, 초등학교 고학년으로 보이는 남자 아이와 마주쳤다. 잠에서 덜 깬 듯, 흐릿한 눈빛과 밤새 신나게 지은 까치집이 인상적인 아이가 내 옆을 지나던 순간. 한 여성이 헐레벌떡 뛰어나와 아이 손에 커다란 보온병을 쥐여줬다.

후줄근한 복장의 엄마가 부끄러웠는지, 아니면 붙잡힘이 귀찮았는지 '아 됐어!'(もう良いよ！)라 한마디 톡 쏜 다음 발걸음을 재촉하는 아이 뒤통수를 향해 엄마는 '잘 다녀와'(行っていらっしゃい)라는 인사와 함께 크게 손을 흔들었다.

얼마 전, 오래간만에 연락이 닿은 초등학교 동

창과 이야기꽃을 피워가던 중 아버지 이야기가
나왔다. 학교에서 내 이름을 모르면 간첩이었다
는 친구 말에 어째서냐 물으니 아버지 덕분이란
다.

고등학교 졸업하던 날까지 낡은 봉고차로 나
를 학교 앞까지 태워주시던 아버지. 것도 모자라
초등학교 4학년 때까지는 하루가 멀다 하고 양
손에 무거운 물통을 들고 내가 속한 교실까지 왔
다 갔다 했다.

어릴 적에는 그게 너무 싫어서 아버지와 거리
를 두고 걷거나, 준비물 사는 척 문구점에 들러
당신 차가 사라지기만을 기다렸는데, 이제는 정
말 돌아올 수 없는 길을 떠나버렸다.

그러나 어린 시절을 함께 한 친구들의 기억 속
엔 여전히 젊은 시절의 아버지가 있다. 학교에
정수기가 없어 목말라 하던 아이와 학급 친구들
을 위해 매일 아침 산에서 신선한 생수를 떠다가
학교까지 날라주던 듬직한 당신이 있었다.

행여나 식중독에 걸리지 않을까 해서 매일같이 주전자와 컵까지 씻어준 다음 일터로 나가던 나의 작은 영웅이 살아 숨 쉬고 있었다.

그런 당신의 따스한 사랑에 감사하며 내일 하루도 힘내기로 했다.

찬호야 안녕

오늘아침에 우리찬호 정말화났어

일찍 일어나 세수도 잘하고

항상 가라 기사도 잘읽고

아빠는 찬호가 정말 씩씩하게

생각 되더라

내 사랑하는 찬호가 어제는

자도 장에 갔다 오다가

엎어져 무릎을 다쳐서

얼마나 이 팠을까

생각하니 아빠는 너무나

속상 했단다

이제는 옛때로 씩씩하고

자전거 탈때도 조심 했으면

좋겠구나

오늘 하루도 건강하길

이 아빠는 빌어주마

너의 아빠 박 영숙

5장

나의 영화에게

: '영화'는 어머니의 성함이다.

아버지가 어머니에게 보냈던 연서

2007년 7월

우리 부부 자식 농사 늦어서

당신은 식당일 가고 나는 땡볕에 밭일하면

지치고 무더워 쉬고 싶은데

당신 열나게 일하는 모습 떠올라

내 쉬고 싶은 마음 송구스러워 그냥 그냥

해는 머리 위에

2011년 추정

당신이 나보다 20년 더 살길 소원하네

그런데 당신 살이 너무 쪄서 좀 걸어야 하는데

따르릉하면 버스 정류소까지 빵빵 마중 나가네

냉정치 못한 내 마음이

당신의 가장 큰 병이구려

2013년 추정

여보야, 나의 보물이시여

여보야

인제 보니 잘 다듬어진 보석이구려

정으로 미움으로 노여움으로 사랑으로

다듬 방망이질하다

수많은 날이 흘러 보석이 된 그대

나의 보물이어라

2016년 추정

여보 사랑해

당신의 간섭이 사랑이라는 걸 왜 몰랐을까

추운데 떨까 봐 걱정되어 한 말인데

막힌 남자

당신은 내 삶이 노루 꼬랑지만큼 남은 걸

생각하며 더욱 잘해주려는 마음일 텐데

미안 미안 미안

2016년 추정

내 사후에 남을 당신은

가끔 우리 둘 추억의 시간으로

돌아가시겠지요.

그러나 생각지 마오. 달라지는 건 없을 테니.

그 생각이 당신 삶에 도움 될 것 없잖소.

남이 욕하지 않을 정도로 즐겁게

임기응변하며 살다 천천히 오시구려.

작성 시기 불명

고해의 풍랑 헤쳐 고향 포구 닿았는데

그대여 내 영전에 눈물 뿌리지 마오.

한 잔 술 따라 놓고

한 잔 술 드시구려.

누더기 떨치고 가는 이 길에

향연이 가득 피어오르니

노래나 한가락 불러 주시면

떠나는 발걸음 사뿐하리오.

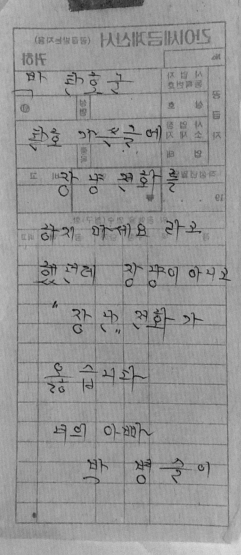

사랑하는 탄호

고추잠자리가 더욱 빨갛게

가을이 왔구나

빨간 고추잠자리 보다 더

예쁜 우리 탄호

공부시간에 선생님 말씀

잘 듣고 수업 태도만

좋아 지면 얼마나 좋을까

탄호의 수업 태도가 나쁘면

선생님께서 엄마 아빠를

욕하실 거야

그러면 탄호도 기분 나쁘지

공부도 중요하지만 수업태도도

중요하단다

예쁜 탄호에게 아빠가

눈사람을 좋아하는 팔호야

오늘은 제가 오는데
어까가 우산을 주 회를
않았다가

어까는 우산을 주고 싶었고
지만 팔호가 우산으로
장난을 하니깐

혹시 친구들이 다칠까봐
우산을 주지 않았단다

용필은 글을 쓰고 수저는
밥을 먹고 지우게는 글을
지우듯이 모든 물건은
쓰임에 따라 잘 사용하는
사람이

타호야 안녕

오늘아침에 우리타호 정깨찾았다

일찍 일어나 세수를 깜하고

학교 가자 기사도 끝았고

아빠는 타호가 정말 장하게

생각 되더라

내 사랑하는 타호가 어제는

저표장에 갔다오다가

엎어져 무릎을 다쳐서

얼마나 아팠을까

생각하니 아빠는 너무나

속이 상했다

이제는 떼쓰로 우리라고

차전거 발체로 고집 했으면

좋겠구나

오늘 하루도 건강하길

이 아빠는 빌어주마

너의 아빠

정호야 콩아 을 피로

정호가 아빠에 게

팡호는 걱정 말아라

언짜가 우리는 용돈은

니가 먹고 싶은 것

사 먹도록 해라

우리 팡호를 기쁘게

해 주기 위해

아빠가 빨리 돈벌어서

팡호를 싶게

팡호를 사랑하는 아빠가

일찍이 지독한 가난을 겪었고, 학창 시절 기억 중 절반이 따돌림이었다. 그런 주제에 자기보다 약한 친구를 지켜주겠답시고 나서다 고교 졸업 하던 날까지 일진들에게 괴롭힘을 당했고 남들은 한 번 보고 학을 떼는 수능에 몇 번이나 매달 렸다.

20대의 일상도 그리 녹록지 않아서 여기저기 아픈 데가 생겼고, 마음엔 생채기가 났다. 취업 시 즌에는 한일 양국 200여 곳의 기업으로부터 퇴 짜 맞았다.

그러다 우연히 잡은 기회, 남의 나라에서의 국비

장학 대학원생 생활. 있는 듯 없는 듯 조용히 머물다 가면 될 텐데 누가 한국 욕을 했다 하면 그게 누구든지 간에 끝까지 물고 늘어졌다. 상대가 꼬리 내리거나 내뺄 때까지 이 악물고 덤볐다. 그러니 남의 나라 일상은 그늘지고 외로웠다.

또한 졸업 논문 제출 3개월 전에는 국정 농단 사건이 발생했다. '평창 올림픽과 문화 콘텐츠'라는 주제로 2년간 매달린 졸업 논문이 하루아침에 무용지물이 되는 걸 경험했다. 박사 과정을 포기해야 했다. 이렇듯 나의 최선은 매번 최악을 낳았다.

지금까지의 삶이 그러했기에 삼십 대의 삼 분의 일을 지난 지금도 별반 다를 바 없다. 모아둔 돈은 없고, 호감 주지 못하는 외모를 가졌으며 말주변이 없어 말 한마디에 오해 당하기 십상이다. 타고난 끼가 없어 일상은 건조하고 삶은 단조롭다. 타인에게 싫은 소리를 못 해서 매번 손해 보고 마음 졸이는 게 일상다반사다.

그럼에도 불구하고 나는 나로 태어나서 다행이

다. 한평생 남의 것을 탐하지 않았고, 나 하나 잘 살겠답시고 타인을 속이거나 짓밟지 않았으며, 아무리 달콤한 유혹이라도 도덕과 정의를 벗어 나면 거들떠보지도 않았다.

타인의 마음에 공감할 줄 알고, 주변의 절박함을 외면하지 않았으며, 나의 감정을 오롯이 표현할 줄 아는 인격체로 성장했다.

그리고 내가 어디서 무얼 하든 간에 한결같은 마 음으로 지지해주는 친구들과 삐뚠 걸음 걷지 못 하게 일으켜 주는 아버지, 두터운 사랑으로 믿어 주는 어머니가 계신다.

그렇기 때문에
나는 나로 태어나서,
부모님의 아들로 태어나서 다행이다.

늘 곁에 있어주던 사람에게

1판 1쇄 발행 | 2019년 11월 20일

지은이 박병순·박탄호
편 집 정소연

발행인 정영욱 | **기 획** 정소연 | **교 정** 정영주
도서기획제작팀 김 철 여태현 김태은 정영주 정소연
디자인마케팅팀 유채원 김은지 백경희 | **영업팀** 정회목

펴낸곳 (주)부크럼
주 소 서울특별시 구로구 구로동 237 지하이시티 1813호
전 화 070-5138-9972~3 (도서기획제작팀)
이메일 editor@bookrum.co.kr
인스타그램 @bookrum.official
블로그 blog.naver.com/s2mfairy
포스트 post.naver.com/s2mfairy

제작처 (주)예인미술